U0022730

畢璞全集・散文・十

心在水之湄

【推薦序二】

老樹春深更著花

封德屏

一九八六年四月，畢璞應《文訊》雜誌「筆墨生涯」專欄邀稿，發表〈三種境界〉一文，她在文末寫道：

> 這種職業很適合我這類沉默、內向、不善逢迎、不擅交際的書呆子型人物，我很高興我當年選擇了它。我既沒有後悔自己走上寫作這條路，又說過它是一種永遠不必退休的行業；那麼，看樣子，我是注定了此生還是要與筆墨為伍了。

畢璞自知甚深，更有定力付之行動，近三十年來她持續創作，陸續出版了數本散文、小說、自選集；三年前，為了迎接將臨的「九十大壽」，她整理近年發表的文章，出版了散文集

《老來可喜》。年過九十後，創作速度放緩，但不曾停筆。二〇〇九年元月《文訊》創辦的「銀光副刊」，至今刊登畢璞十二篇文章，上個月（二〇一四年十一月），她在「銀光副刊」發表了短篇小說〈生日快樂〉，此外，也仍偶有文章發表於《中華日報》副刊。畢璞用堅毅無悔的態度和纍纍的創作成果，結下她一生和筆墨的不解之緣。

一九四三年畢璞就發表了第一篇作品，五〇年代持續創作，創作出版的高峰集中在六〇、七〇年代。一九六八年到一九七九年是她作品的豐收期，這段時間有時一年出版三、四本，甚至五本。早些年，她是編寫雙棲的女作家，曾主編《大華晚報》家庭版、《公論報》副刊、《徵信新聞報》家庭版，並擔任《婦友月刊》總編輯，八〇年代退休後，算是全心歸回到自適自在的寫作生涯。

真摯與坦誠是畢璞作品的一貫風格。散文以抒情為主，用樸實無華的筆調去謳歌自然，讚頌生命；小說題材則著重家庭倫理、婚姻愛情。中年以後作品也側重理性思考與社會現象觀察。畢璞曾自言寫作不喜譁眾取寵、不造新僻字眼，強調要「有感而發」，絕不勉強造作。

畢璞生性恬淡，除了抗戰時逃難的日子，以及一九四九年渡海來台的一段艱苦歲月外，自認大半生風平浪靜。「淡泊名利，寧靜無為」是她的人生觀，讓她看待一切都怡然自得。雖然前後在報紙雜誌社等媒體工作多年，一九五五年也參加了「中國婦女寫作協會」，可能如她自己所言「個性沉默、內向，不擅交際」，多年來很少現身文壇活動。像她這樣一心執著於創作的人和其作品，在重視個人包裝、形象塑造，充斥各種行銷手法的出版紅海中，很容易會被湮沒遺忘。

然而，這位創作廣跨小說、散文、傳記、翻譯、兒童文學各領域，筆耕不輟達七十餘年的資深作家，冷月孤星，懸長空夜幕，環視今之文壇，可說是鳳毛麟角，珍稀罕見。在人們華服高軒、闊論清議之際，九三高齡的她，老樹春深更著花，一如往昔，正俯首案頭，筆尖不斷流淌出款款深情，如涓涓流水，在源遠流長的廣域，點點滴滴灌溉著每一寸土地。

感謝秀威資訊科技股份有限公司，在文學出版業益顯艱辛的此刻，奮力完成「畢璞全集」二十七冊的巨大工程。不但讓老讀者有「喜見故人」的驚奇感動，也讓年輕一代的讀者，有機會可以在快樂賞讀中，認識畢璞及其作品全貌。我們也希望透過文學經典這樣的再現與傳承，向這位永遠堅持創作的作家，表達我們由衷的尊崇與感謝之意。

民國一〇三年十二月

（封德屏：現任文訊雜誌社社長兼總編輯、臺灣文學發展基金會執行長、紀州庵文學森林館長。）

【推薦序二】

老來可喜話畢璞

吳宏一

一

上星期二（十月七日），我有事到《文訊》辦公室去。事畢，封德屏社長邀我去參觀她們蒐集珍藏的期刊。看到很多民國五、六十年前後風行文壇的文藝刊物，目前多已停刊，不勝嗟嘆。《暢流》、《自由青年》、《文星》等我投過搞、發表過創作的刊物不說，連一些當時發行不廣的小刊物，她們也多有蒐集。其用心之專、致力之勤，實在不能不令人讚嘆。於是我向她提起我高中以迄大學時期文學起步的一些往事，中間提到若干文藝刊物和若干文壇前輩對我的鼓勵和影響。其中特別提到我大學一年級，民國五十年的秋天，剛進入台大中文系讀書時所認識的一些前輩先進。像當時住在濟南路的紀弦，住在廈門街的余光中，住在南昌街菸酒公賣局宿舍的羅悟緣，住在安東市場旁的羅門、蓉子……我都曾經一一去走訪，謝謝他們採用或推薦過我的作品。過程歷歷在目，至今仍記憶猶新。比較特別的是，去新生南路夜訪覃子豪時，還遇見過魏子雲；去峨嵋街救國團舊址見程抱南、鄧禹平時，還順道去《公論報》採訪副刊主編畢璞……。

一提到畢璞，德屏立即接了話，說「畢璞全集」目前正編印中，問我願不願意為她「全集」寫個序言。我答：寫序不敢，但對我文學起步時曾經鼓勵或提攜過我的前輩，我非常樂意寫紀念性的文字。不過，我也同時表示，我與畢璞五十多年來，畢竟才見過兩三次面，她的作品我讀得並不多，要寫也得再讀讀她的生平著作，而且也要她還記得我，對往事有些共同的記憶才好。所以我建議，請德屏代問畢璞兩件事：一是她記不記得在我大一下學期（民國五十一年春），她和另一位女作家到台大校園參觀之事；二是她在主編《婦友》月刊期間，記不記得曾經約我寫過詩歌專欄。

德屏說好。第二日早上十點左右，畢璞來了電話，客氣寒暄之後，告訴我：她記得她和鍾麗珠早年曾到台大校園和我見過面，但對於《婦友》約我寫專欄之事，則毫無印象。她知道我沒有讀過她的作品集，說要寄兩三本來，又知道我怕她年老行動不便，改口說，要不然，幾天內如果我能抽空，就煩請德屏陪我去內湖看她，由她當面交給我，同時可以敘敘舊、聊聊天。

我當然贊成。我已退休，時間容易調配，只不知德屏事務繁忙，能不能抽出空暇。想不到與德屏聯絡後，當天下午，就由《文訊》編輯吳穎萍小姐聯絡好，約定十月十日下午三點一起去見畢璞。

二

十月十日國慶節，下午三點不到，我就如約搭文湖線捷運到葫洲站一號出口等。不久，德屏與穎萍來了。德屏領先，走幾分鐘路，到康寧老人安養中心去見畢璞。途中德屏說，畢璞雖然年逾九旬，行動有些不便，但能以歡樂的心情迎接老年，不與兒孫合住公寓，怕給家人帶來不便，所以獨居於此，雇請菲傭照顧，生活非常安適。我聽了，心裡也開始安適起來，覺得她是一個慈藹安詳而有智慧的長者。

見面之後，我更覺安適了。記得我第一次見到畢璞，是民國五十年的秋冬之際，在西門町附近康定路的一棟木造宿舍裡，居室比較狹窄；畢璞當時雖然親切招待，但總顯得態度拘謹。相隔五十三年，畢璞現在看起來，腰背有點彎駝，耳目有些不濟，但行動尚稱自如，面容聲音卻似乎數十年如一日，沒有什麼明顯的變化。如果要說有變化，那就是變得更樸實自然，沒有絲毫的窘迫拘謹之感。

由於德屏的善於營造氣氛、穿針引線，由於穎萍的沉默嫻靜，只做一個忠實的旁聽者，那天下午，我和畢璞有說有笑，談了不少往事，讓我恍如回到五十三年前的青春年代。那時候，我才十八歲，剛考上台大中文系，剛到陌生而充滿新鮮感的臺北，常投稿報刊雜誌，常拜訪前輩作家。有一天，我到西門町峨嵋街救國團去領新詩比賽得獎的獎金，順道去附近的《聯合報》和《公論報》社。我到《公論報》社問起副刊主編畢璞，說明我常有作品發表，就有人給了我她家的住址。距離報社不遠，在成都路、西門國小附近。那時候我年輕不懂事，大家也少用電話，所以就直接登門造訪了。見面時談話不多，記憶中，畢璞說過她先生也在《公論報》上班，她如何編副刊，還有她兒子正讀師大附中，希望將來也能考上台大等。辭別時，畢璞說了一句，聽說台大校園春天杜鵑花開得很盛很好看。我謹記這句話，所以第二年的春天，投稿信中附帶留言，歡迎她跟朋友來台大校園玩。就因為這樣，畢璞和鍾麗珠在民國五十一年的春季，相偕來參觀台大校園。

確切的日期記不得了。畢璞說連哪一年她都不能確定。我翻開我隨身帶來送她的光啟版散文集《微波集》，指著一篇〈鄉愁〉後面標明的出處，民國五十一年四月二十七日發表於《公論副刊》。經此指認，畢璞稱讚我的記性和細心，而且她竟然也記起了當天逛傅園後，我請她們到福利社吃牛奶雪糕的往事。

很多人都說我記憶力強，但其實也常有模糊或疏忽之處。例如那一天下午談話當中，我提起雨中路過杭州南路巧遇《自由青年》主編呂天行，以及多年後我在西門町日新歌廳前再遇見他，聽他告訴我「驚天大祕密」的時候，確實的街道名稱，我就說得不清不楚，更糟糕的是，畢璞再次提起她主編《婦友》月刊的期間，真不記得邀我寫過專欄。一時間，我真無辭以對。當事人都這麼說了，我該怎麼解釋才好呢？好在我們在談話間，曾提及王璞、呼嘯等人，似乎又給了我重拾記憶的契機。

我私下告訴德屏，《婦友》確實有我寫過的詩歌專欄，雖然事忙只寫了幾期，但這些文章後來都曾收入我的《先秦文學導讀·詩辭歌賦》和《從詩歌史的觀點選讀古詩》等書中，白紙黑字，騙不了人的。會不會畢璞記錯，或如她所言不在她主編的期間別人約的稿呢？

那天晚上回家後，我開始查檢我舊書堆中的期刊，找不到《婦友》，卻找到了王璞主編的《新文藝》和呼嘯主編的《青年日報》副刊剪報。他們都曾約我寫過詩詞欣賞專欄，印象中有一個與《婦友》大約同時。尋檢結果，查出連載的時間，《新文藝》是民國七十一年，《青年日報》則是民國七十七年。到了十月十二日，再比對資料，我已經可以推定《婦友》刊登我詩歌專欄的時間，應該是在民國七十七年七、八月間。

十月十三日星期一中午，我打電話到《文訊》找德屏，她出差不在。我轉請秀卿代查，傍晚她回覆，已在《婦友》民國七十七年七月至十一月號，找到我所寫的〈古歌謠選講〉，當時的總編輯就是畢璞。事情至此告一段落。記憶中，是一次作家酒會邂逅時畢璞約我寫的。寫了幾期，因為事忙，又遇畢璞調離編務，所以專欄就停掉了。這本來就是小事一樁，無關宏旨，豁達的畢璞不會在乎這個的，只不過可以證明我也「老來可喜」，記憶尚可而已。

三

「老來可喜」，是畢璞當天送給我看的兩本書，其中一本散文集的書名，語出宋代詞人朱敦儒的〈念奴嬌〉詞。另外一本是短篇小說集，書名《有情世界》。根據書後所附的作品目錄，原來畢璞的作品集，已出三、四十本。她挑選這兩本送我看，應該有其用意吧。看《老來可喜》這本散文集，可知她的生平大概；看《有情世界》這本短篇小說集，則可知她的小說特色所在。初讀的印象，她的作品，無論是散文或小說，從來都不以技巧取勝，就像她的筆名一樣，是未經琢磨的玉石，內蘊光輝，表面卻樸實無華，然而在樸實無華之中，卻又表現出一個共同的主題。一言以蔽之，那就是「有情世界」。其中有親情、愛情、人情味以及生活中的情趣。因此，讀來特別溫馨感人，難怪我那罕讀文藝創作的妻子，也自稱是她的忠實讀者。

讀畢璞《老來可喜》這本散文集，可以從中窺見她早年生涯的若干側影，以及她自民國三十八年渡海來台以後的生活經歷。其中寫親情與友情，敘事中寓真情，雋永有味，誠摯而動人。寫懷才不遇的父親，寫遭逢離亂的家人，寫志趣相投的文友，娓娓道來，真是扣人心弦。

其中〈西門懷舊〉一篇，寫她康定路舊居的一些生活點滴，更讓我玩味再三。即使寫她身邊瑣事的小小感觸，寫愛書成癡，愛樂成癡，寫愛花愛樹，看山看天，也都能使我們讀者體會到「生命中偶得的美」，享受到「小小改變，大大歡樂」。「生命中偶得的美」和「小小改變，大大歡樂」，正是她文集中的篇名。我們還可以發現，身經離亂的畢璞，涉及對日抗戰、國共內戰的部分，著墨不多，多的是「此身雖在堪驚」，「老來可喜，是歷遍人間，諳知物外」。這也正是畢璞同一時代大多婦女作家的共同特色。

讀《有情世界》這本小說集，則可發現：畢璞散文中寫得比較少的愛情題材，都寫進小說裡了。畢璞說過，小說是她的最愛，因為可以滿足她的想像力。讀完這十六篇短篇小說，我們確實可以發現，她的小說採用寫實的手法，勾勒一些時代背景之外，重在探討人性，敘寫一些有情有義的故事。特別是愛情與親情之間的矛盾、衝突與和諧。小說中的人物和故事，有真有假，「真」的往往是根據她親身的經歷，「假」的是虛構，是運用想像，無中生有塑造出來的。她把它們揉合在一起，而且讓自己脫離現實世界，置身其中，成為小說中人。

因此，我讀畢璞的短篇小說，覺得有的近乎散文。尤其她寫的書中人物，大都是我們城鎮小市民日常身邊所見的男女老少，故事題材也大都是我們城鎮小市民幾十年來所共同面對的移民、出國、旅遊、探親等話題。或許可以這樣說，較之同時渡海來台的作家，畢璞寫的小說，罕有激情奇遇，缺少波瀾壯闊的場景，也沒有異乎尋常的角色，既沒有朱西甯、司馬中原筆下的鄉野氣息，也沒有白先勇筆下的沒落貴族，一切平平淡淡的，可是就在平淡之中，卻能給人親近溫馨之感。表面上看，她似乎不講求寫作技巧，但仔細觀察，她其實是寓絢爛於平淡。像〈生命共同體〉一篇，寫范士丹夫婦這對青梅竹馬的患難夫妻，到了老年還為要不要移民美國而引起衝突，高潮迭起，正不知作者要如何收場，這時卻見作者藉描寫范士丹的一些心理活動，利用廚房下麵一個小情節，就使小說有個圓滿的結局，而留有餘味。〈春夢無痕〉一篇，寫梅湘退休後，到香港旅遊，在半島酒店前香港文化中心，竟然遇見四十多年前四川求學時代的舊情人冠倫。四十多年來，由於人事變遷，兩岸隔絕，二人各自男婚女嫁，都已另組家庭，正不知作者要如何安排後來的情節發展，這時卻見作者利用梅湘的一段心理描寫，也就使小說有個出人意外而又合乎自然的結尾，不會予人突兀之感。這些例子，說明了作者並非不講表現藝術，只是她運用寫作技巧時，合乎自然，不見鑿痕而已。所以她的平淡自然，不只是平淡自然，而是別有繫人心處。

四

畢璞同時的新文藝作家，有三種人給我的印象特別深刻。一是軍中作家，以寫新詩和小說為主，強調創新和現代感；二是婦女作家，以寫散文為主，多藉身邊瑣事寫人間溫情；三是鄉土作家，以寫小說和遊記為主，反映鄉土意識與家國情懷。這是二十世紀五、六十年代前後臺灣新文藝發展史上的一大特色。這三類作家的風格，或宏壯，或優美，雖然成就不同，但套用王國維的話說，都自成高格，自有名句，境界雖有大小，卻不以是分優劣。因此有人嘲笑婦女作家多只能寫身邊瑣事和生活點滴，那是學文學的人不該有的外行話。

畢璞當然是所謂婦女作家，她寫的散文、小說，攏總說來，也果然多寫身邊瑣事，或者說，多藉身邊瑣事寫溫暖人間和有情世界。但她的眼中充滿愛，她的心中沒有恨，所以她的筆端流露出來的，每一篇作品都像春暉薰風，令人陶然欲醉；情感是真摯的，思想是健康的，真的適合所有不同階層的讀者。

一般而言，人老了，容易趨於保守，失之孤僻，可是畢璞到了老年，卻更開朗隨和，更為豁達，就像玉石，愈磨愈亮，愈有光輝。她特別欣賞宋代詞人朱敦儒的「老來可喜」那首〈念奴嬌〉詞。她很少全引，現在補錄如下：

老來可喜，是歷遍人間，諳知物外。
看透虛空，將恨海愁山，一時挼碎。
免被花迷，不為酒困，到處惺惺地。
飽來覓睡，睡起逢場作戲。

休說古往今來，乃翁心裡，沒許多般事。
也不蘄仙不佞佛，不學栖栖孔子。
懶共賢爭，從教他笑，如此只如此。
雜劇打了，戲衫脫與獃底。

朱敦儒由北宋入南宋，身經變亂，歷盡滄桑，到了晚年，勘破世態人情，不但主張不學栖栖皇皇的孔子，說什麼經世濟物，而且也認為道家說的成仙不死，佛家說的輪迴無生，都是虛妄的空談，不可採信。所以他自稱「乃翁」，說你老子懶與人爭，管它什麼古今是非，說人生在世，就像扮演一齣戲一樣，各演各的角色，逢場作戲可矣，何必惺惺作態，說什麼愁呀恨呀。一旦自己的戲份演完了，戲衫也就可以脫給別的傻瓜繼續去演了。這首詞表現的人生觀，雖然豁達，卻有些消極。這與畢璞的樂觀進取，對「有情世界」處處充滿關懷，是不相契的。我想畢璞喜愛它，應該只愛前面的幾句，所以她總不會引用全文，有斷章取義的意思吧。

畢璞《老來可喜》的自序中，說西方人把老年分成三個階段：從六十五歲到七十五歲是「初老」，從七十六歲到八十五歲是「老」，八十六歲以上是「老老」；又說「初老」的十年是人生最美好的黃金時期，不必每天按時上班，兒女都已長大離家，內外都沒有負擔，沒有工作壓力，智慧已經成熟，人生已有閱歷，身體健康也還可以，不妨與老伴去遊山玩水，或抽空去學習一些新知，以趕上時代。想做什麼就做什麼，豈非神仙一般。畢璞說得真好，我與內子現在正處於「初老」的神仙階段，也同樣覺得人間有情，處處充滿溫暖，這幾天讀畢璞的書，益發覺得「老來可喜」，可喜者三：老來讀畢璞《老來可喜》，一也；不久之後，可與老伴共讀「畢璞全集」，二也；從今立志寫自己不像傳記的傳記，彷彿回到自己的青春時期，三也。

民國一〇三年十月十五日初稿

（吳宏一：學者，作家，曾任臺灣大學中文系教授、香港中文大學中文系、香港城市大學中文、翻譯及語言學系講座教授，著有詩、散文、學術論著數十種。）

【自序】長溝流月去無聲——七十年筆墨生涯回顧

畢璞

「文書來生」這句話語意含糊，我始終不太明瞭它的真義。不過這卻是七十多年前一個相命師送給我的一句話。那次是母親找了一位相命師到家裡為全家人算命。我從小就反對迷信，痛恨怪力亂神，怎會相信相士的胡言呢？當時也許我年輕不懂，但他說我「文書來生」卻是貼切極了。果然，不久之後，我就開始走上爬格子之路，與書本筆墨結了不解緣，迄今七十年，此志不渝，也還不想放棄。

從童年開始我就是個小書迷。我的愛書，首先要感謝父親，他經常買書給我，從童話、兒童讀物到舊詩詞、新文藝等，讓我很早就從文字中認識這個花花世界。父親除了買書給我，還教我讀詩詞、對對聯、猜字謎等，可說是我在文學方面的啟蒙人。小學五年級時年輕的國文老師選了很多五四時代作家的作品給我們閱讀，欣賞多了，我對文學的愛好之心頓生，我的作文成績日進，得以經常「貼堂」（按：「貼堂」為粵語，即是把學生優良的作文、圖畫、勞作等掛在教室的牆壁上供同學們觀摩，以示鼓勵）。六年級時的國文老師是一位老學究，選了很多古文做教材，使我有機會汲取到不少古人的智慧與辭藻；這兩年的薰陶，我在不知不覺中變成了文學的死忠信徒。

上了初中，可以自己去逛書店了，當然大多數時間是看白書，有時也利用僅有的一點點零用錢去買書，以滿足自己的書癮。我看新文藝的散文、小說、翻譯小說、章回小說……簡直是博覽群書，卻生吞活剝，一知半解。初一下學期，學校舉行全校各年級作文比賽，小書迷的我得到了初一組的冠軍，獎品是一本書。同學們也送給我一個新綽號「大文豪」。上面提到高小時作文「貼堂」以及初一作文比賽第一名的事，無非是證明「小時了了，大未必佳」，更彰顯自己的不才。

高三時我曾經醞釀要寫一篇長篇小說，是關於浪子回頭的故事，可惜只開了個頭，後來便因戰亂而中斷，這是我除了繳交作文作業外，首次自己創作。

第一次正式對外投稿是民國三十二年在桂林。我把我們一家從澳門輾轉逃到粵西都城的艱辛歷程寫成一文，投寄《旅行雜誌》前身的《旅行便覽》，獲得刊出，信心大增，從此奠定了我一輩子的筆耕生涯。

來台以後，一則是為了興趣，一則也是為稻粱謀，我開始了我的爬格子歲月。早期以寫小說為主。那時年輕，喜歡幻想，想像力也豐富，覺得把一些虛構的人物（其實其中也有自己和身邊的人的影子）編出一則則不同的故事是一件很有趣的事。在這股原動力的推動下，從民國四十年左右寫到八十六年，除了不曾寫過長篇外（唉！宿願未償），我出版了兩本中篇小說、十四本短篇小說、兩本兒童故事。另外，我也寫散文、雜文、傳記，還翻譯過幾本英文小說。到民國一〇一年，我總共出版過四十種單行本，其中散文只有十二本，這當然是因為散文字數少，不容易結集成書之故。至於為什麼從民國八十六年之後我就沒有再寫小說，那是自覺年齡大了，想像力漸漸缺乏，對世間一切也逐漸看淡，心如止水，失去了編故事的浪漫情懷，就洗手不幹了。至於散文，是以我筆寫我心，心有所感，形之於筆墨，抒情遣性，樂事一樁也，為什麼放棄？因而不揣譾陋，堅持至今。慚愧的是，自始至終未能寫出一篇令自己滿意的作品。

為了全集的出版，我曾經花了不少時間把這批從民國四十五年到一百年間所出版的單行本四十種約略瀏覽了一遍，超過半世紀的時光，社會的變化何其的大：先看書本的外貌，從粗陋的印刷、拙劣的封面設計、錯誤百出的排字；到近年精美的包裝、新穎的編排，簡直是天淵之別。由此也可以看得出臺灣出版業的長足進步。再看書的內容：來台早期的懷鄉、對陌生土地的神奇感、言語不通的尷尬等；中期的孩子成長問題、留學潮、出國探親；到近期的移民、空巢期、第三代出生、親友相繼凋零……在在可以看得到歷史的脈絡，也等於半部臺灣現代史了。

坐在書桌前，看看案頭成堆成疊或新或舊的自己的作品，為之百感交集，真的是「長溝流月去無聲」，怎麼倏忽之間，七十年的「文書來生」歲月就像一把把細沙從我的指間偷偷溜走了呢？

本全集能夠順利出版，我首先要感謝秀威資訊科技股份有限公司宋政坤先生的玉成。特別感謝前台大中文系教授吳宏一先生、《文訊》雜誌社長兼總編輯封德屏女士慨允作序。更期待著讀者們不吝批評指教。

民國一〇三年十二月

蒹葭

蒹葭淒淒，白露未晞，所謂伊人，在水之湄。
遡洄從之，道阻且躋；遡游從之，宛在水中坻。

——詩經・秦風

目次

勞我以生

當我們剛搬到現在的住處時，這一帶還是「未開發地區」。前面有稻田，後面有青山，尚帶有一點點田園的情趣。我們就是看中這一點才搬來的。

然而，曾幾何時，門前的馬路拓寬了（這當然是好現象），大小車輛日夜經過如流水。對面的稻田填平了，代之而起的是一幢幢高樓。後面的青山也看不到了，因為如雨後春筍般蓋起來的樓房遮斷了我的視線。

現在，我住的這一帶，由於交通方便（一共有十線公共汽車經過），已由清靜的住宅區變為熱鬧的商業區。想起我們剛來臺灣時曾經在北市的電影街附近有過一住十五年的往事，不由得不怨嘆自己竟無「結廬在人境，而無車馬喧」的命。

也許是在那十五年中聽慣了車馬喧，我對馬達聲和喇叭聲還有鬧市的各種噪音尚能忍受，最不能忍受的卻是灰塵。

住在鬧市中，簡直是沒有辦法維持居室窗明几淨。就算是那些緊閉窗戶、使用空氣調節機的大樓，室內也許可以不受塵土的侵襲；但是，暴露在污染空氣中的窗門，又怎能保持它的潔淨呢？

於是，住在鬧市中的主婦，她每天主要的工作就是與灰塵搏鬥。但是，無論你如何的勤於拂拭，或者使用吸塵機轟隆轟隆地把它消滅了；過不了一兩天，你又會看見窗臺上、桌子上、書籍上、畫框上，甚至盆栽的葉子上佈滿一層灰白色的塵土。

在希臘神話中，有一個神犯了罪，天神修斯就罰他推一塊巨石上山。這塊巨石到了山頂又滾落山下，因此這個犯了罪的神的懲罰等於永無休止。

我覺得：我們和塵土的搏鬥也是永無休止的，我們等於是那個每天推巨石上山的神。

其實，除了灰塵以外，我們須要搏鬥的東西可多著哪！貧窮、疾病、災禍、毀謗、厄運……哪一樣不是須要我們奮勇應戰的？人生本來就是一個戰場呀！

人生本來也是勞苦的。在原始社會裡，人們穴居野處，也必須為吃而奮鬥。到了今日的工業社會，除了吃以外，我們還得為衣、住、行、育、樂而努力，有些人更要為名利而日夜勾心鬥角。這樣看來，即使沒有灰塵，我們也還是個天天推巨石上山的可憐人。

莊子在「大宗師」篇中說：「夫大塊載我以形，勞我以生，佚我以老，息我以死；故善吾生者，乃所以善吾死也。」看來，我們得等躺到棺材裡才可以真正的休息哩！

獨擁一室的清靜

假如我說，我在生活中最喜愛的一件事便是獨擁一室的清靜，你相信嗎？

當然，我喜歡與家人樂敘天倫；喜歡與良友把晤言歡；喜歡遊山玩水；喜歡看好的電影；也喜歡去參觀畫展或者聽音樂會。不過，假使我不做這些事的時候，我便喜歡獨擁一室的清靜。

自從孩子們都長大了以後，本來熱熱鬧鬧的一個家，忽然變得異樣的冷清與寂靜。起初，我感到十分的不習慣；然而，等到我漸漸的習慣了，就反而覺得這份冷清與寂靜也是一種享受。

每天，我把自己的生活安排得十分緊湊。做完了例行的家事以後，這時，家裡只剩下我一個人，我便坐在自己的書桌前，不是寫就是讀。我臨池練字，以求修心養性；我讀莊子，希望心境更加寧靜。到了黃昏，寫倦讀罷之際，我還會在一部小小的電風琴上按動琴鍵，彈奏幾首自己心愛的歌曲。當我忘情於琴音中時，真是俗慮全消。其陶冶性情之功，與練字及讀書完全一樣。

有時，我甚麼也不做，只是獨自坐在沙發上沉思。這時，也許有飛機在屋頂隆隆飛過；也許門前的車陣如雷；也許，鄰居的熱門音樂正響得驚天動地；但是，我都可以充耳不聞。因為我自己的屋裡是寂靜無聲的，也沒有別人騷擾我；所以，我仍是獨擁一室的清靜。因為我的形體得以處在清靜的室內，所以我的心靈得以無拘無束的遨遊於四海八荒。

自從我愛上了這種苦行僧似的、閉關式的生活以後，非有要事，我不輕易出門去。從前，我偶然也喜歡逛逛百貨公司，希望撿些便宜貨。如今，我絕不無故去逛百貨公司。有事經過那行人摩肩接踵的西門鬧區，便覺非常痛苦，每次都急步匆匆離去，避之唯恐不及。從前，我也喜歡欣賞商店櫥窗裡的貨品，如今，我要是不需要買，便看也不看一眼，任何美麗的商品，都無法誘惑我這個心如止水的人了。

能夠有一整天的時間給自己分配，能夠在每個白天獨擁一室的清靜，這也是一種福氣，我要好好的珍惜它。

記得少年時代曾經在四川的北碚買了一方石硯。店主叫我在硯蓋上題字，以便刻上去作紀念。初生之犢不畏虎，我居然不顧自己字跡的拙劣，就振筆寫了諸葛武侯的兩句名言「淡泊以明志，寧靜而致遠」在上面。當時，我哪裡了解這兩句的真意，只是喜歡而已。經過了這麼多年，如今的我，倒是真能做到了淡泊與寧靜——天天獨擁一室的清靜，而甘之如飴。

灰色的雨天

我的書桌前面有一面大窗，但是我長年關閉著它。因為這扇窗子正對著別人的廚房，而且相距不過丈許。不但別人的剁肉聲、炒菜聲清晰可聞；每當排油機開動，滾滾油煙撲面而來，尤其令人受不了。因此我寧可忍受悶熱，窗雖設而常關，只打開上面的小窗透氣。

我住在二樓，當我坐在書桌前的時候，抬頭可從小窗裡看到對面四樓後陽臺的一角。這個人家頗為風雅，在後陽臺的欄干上種了幾盆花木。兩三盆吊蘭、一盆像是薊類的植物，另外還有一個奶粉罐種了一棵仙人掌。我不是一個很專注的人，每看了幾頁書或者爬了幾行格子，就要抬頭從小窗裡往上望一次，為的是要看看那幾盆綠意盎然的花木。真感謝這個人家的風雅，假使沒有這幾盆植物，我就只能看到一堵灰色的牆壁和灰色的欄干了。

要是我把身體往前傾一點，再把頭往下縮，我還可以看到對面四樓屋頂上的一線天。我說一線天，絕對沒有絲毫的誇大。我所看得到的天空，大約只有一英呎寬、二英吋高，比井蛙所看見的天空還要小得多。而我，坐在二樓關閉著的後窗前，四周被別人的三層樓房包圍著，抬頭只看得到一線天，不是一隻現代的井蛙是甚麼？

最近，一連下了四天四夜的雨，不但雨腳如麻未斷絕，而且還方興未艾。氣溫又特別低。我這現代的井蛙，每天坐在關閉的窗戶前，抬頭除了可以看到別人陽臺那幾盆因雨而更顯得綠油油的植物外，就是一線灰濛濛的天空、一堵灰色的牆、一角灰色的欄干，還有那淅瀝不停的雨絲。

少年時代也曾喜歡過雨，認為雨天另有情趣、富饒詩意。可是，像現在這種連綿不絕的冬雨，又有誰不憎厭？街上又濕又冷，泥濘一片，使人失去外出的勇氣，也耽誤了許多不大不小的事。洗過的衣服幾天都不乾，甚麼東西摸起來都是濕黏黏的。臺北盆地的氣候一年到頭難得有幾天乾燥，又怎怪患風濕的人為甚麼這麼多呢？

下午，下樓去開信箱，取出一份濕了一半的晚報和幾件上面沾著水滴的郵件。我又得感謝送報生和綠衣人的服務。要是沒有他們的服務，在這種灰色的天氣裡，我豈不是會更加寂寞？

灰色的天空漸漸變成灰黑色，黃昏漸近。我得放下手中的筆，離開書桌到廚房去，為歸來的家人準備晚餐了。

不再做井蛙

我很高興，從今不必再做井蛙了。

從前住的那間公寓設計得不合理：主房放在後面，雖然有兩扇大窗，但是兩扇都面對別人的廚房，使我窗雖設而常關；加以位於二樓，四面被別的四層樓宇包圍，抬頭只看到一線天，遂有坐井觀天之感。

幸而，做了八年井底之蛙，最近得以換過一個新環境。

新居在三樓，前後的巷道都比較寬，不論哪一間房間，都不至於坐井觀天。我的房間在前面，與客廳並排。對面是別人的陽臺。除了可以聽到人聲和偶然的洗麻將牌聲以外，可說沒有任何干擾。我之所以選中這間房子，主要就是這裡環境幽靜。

另外一個原因就是這裡位於新店溪畔。站在前陽臺上，可以看到堤防外的新生地和一角河面。站在後陽臺，可以看到堤邊的一叢修竹，以及更廣闊的河面，風景比前陽臺看到的美麗得多。

煞風景的是在我們屋子後面不太遠的河灘上有一間採砂石的工廠，每天一大清早便開工，轟隆轟隆的聲音，未免會打擾遲起者的清夢。而運砂石的大卡車常常從堤防上馳過，也會製造噪音和塵土。

還有，河對岸的兩個高壓電鐵塔，我也嫌它們破壞風景。兩個黑黑的、式樣單調的鐵架子，高高的豎在河岸上，真是說有多醜就多醜。加以現在河水很淺，河面有些沙洲都幾乎跟河岸連接起來，有些地方根本幾乎看不見河，真令我大失所望。我還以為住在河邊就可以天天看河景呢！

不過，無論如何，這裡是一個新社區，比起舊居的車塵滾滾、車聲不絕，可說是安靜十倍。由於車子少，又靠近河，空氣也還算清潔。我覺得在這裡的晚上都要睡得好一些。

我最喜歡是在午後人靜的時候，鄰家傳出了琤琮的鋼琴聲，美妙的音符飄浮在初夏的微風裡，飄浮在金色的陽光中。那種情調，也往往令我陶醉。

住在幽靜的環境中，不必再做井蛙，是我多年來生活的一大轉變。過去，為了貪圖交通方便，我家總喜歡選擇鬧市中的房子。今後，我們大概不會再受車塵和車聲的困擾了吧（要是堤防拓寬了呢？我的天！）？

在現實生活中不必再做井蛙，在心靈上和思想上，但願也能夠不再閉塞而變得開放。

紅葉之戀

前年冬天，我路過小南門，無意中發現在眾多的行道樹間，居然有一棵是葉子變紅了的楓樹。平生第一次看到紅葉（真是孤陋寡聞），為之欣喜若狂。回到家裡，立刻寫了一篇名叫「初見楓葉」的小品，以紀念自己當時那種狂喜的心情。

那篇小文發表後，有一位熱心的讀者寫信來，告訴我臺北縣的三峽附近有一個楓林，可以讓我飽餐一番紅葉的秀色。他說明每年耶誕前後的一週內是楓葉最紅的時期，並且還繪製了一幅很詳細的地圖附在信內。

接到信，我非常感動。可惜，那時紅葉期已經過了，我決定下次耶誕前一定要到三峽去。一棵紅葉樹已經令我如醉如痴，要是看到一整個楓林，我將會狂喜到甚麼程度呢？

也許是人算不如天算吧？平常很少出門的我，就在去年的耶誕前夕到香港去了，一去就是兩個禮拜，回到臺北來又忙東忙西的，等到忙完，紅葉期早已過去。心頭的那份失落之情，從此就一直拂拭不去。

我本來就愛樹。我喜愛樹挺拔的英姿，更愛那沐浴在陽光下鍍了金似的細碎的葉子。對綠葉尚且如此鍾愛，更何況是紅於二月花的霜葉？自從在小南門看過那棵變紅了的楓樹以後，我就一直念念不忘要找紅葉來看。這個冬天，我到郊外的機會不算少。在礁溪的五峰瀑布下；在臺北近郊的圓通寺山上；在香港的砲臺山和南丫島；每到一個地方，我都伸長脖子到處找紅葉。可惜，卻每次都令我失望。雖然有時也可以看到一些紅色的葉子，但那只是某些小樹新生的嫩葉而不是楓葉。

農曆年底的一天，我到中山北路去想買一雙減價的皮鞋。結果，皮鞋沒有買成，卻給我發現人行道上有兩棵變紅了的楓樹，那真是喜出望外。

中山北路兩旁的楓樹，樹齡看來都相當長，在臺北住了二十八年，為甚麼我就從來不曾發現過這裡有紅葉？假使我曾經在這裡看過紅葉，又怎會有前年在小南門的驚豔？是我從前不曾注意到，直至在小南門看到過紅葉才變成有心人的麼？

無意中發現了路旁的兩棵紅葉樹，我立刻如獲至寶似地，跑到樹下，痴痴地仰望著那些並不十分嫣紅也不夠壯大的楓葉，而幻想自己是身處在楓林裡。也許這些紅葉並不能令我滿足；不過也可以說是聊慰相思了。

我期待著今年耶誕的來臨。到時，我一定要帶著那幅地圖，到三峽去尋找我夢中的紅葉樹。

天工

我常常在懷疑：假使沒有金色的太陽、銀色的月亮、鑽石似的星星、飄逸的白雲、浩瀚的海洋、潺潺的小溪、青葱的樹木、芬芳的花朵、清脆的鳥鳴、枝頭的蟬叫……這一切一切瑰麗無比的大自然現象，人類怎會有現在這麼多的藝術成就？文學家、美術家和音樂家，又會不會創造出那麼多不朽的散文、詩歌、繪畫、雕刻和樂曲？

我們常說某地的景色美得如詩如畫；說天上的雲彩像錦緞；鳥聲像笛子。到底是先有風景後有詩畫，先有雲霞後有錦緞，先有鳥聲後有笛子；還是先有詩畫後有風景，先有錦緞後有雲霞，先有笛子後有鳥聲呢？誰模仿誰，這還用說？

大自然是個最最偉大的藝術家，祂創造了一個紅花綠葉，鳥飛魚躍的錦繡大地。不但每一朵花，每一片葉子，都各自有它的顏色與形狀，鳥類的翎毛和獸類的毛皮，都有五彩的圖案和花紋，甚至沒有生命的礦物也會有奪目的光芒和鮮豔的彩色。大自然不但天才横溢，而且也是大公無私，博愛為懷，澤及萬物。

我也常常懷疑：假使大自然不是具有神力，又怎能設計出世界上那麼多形形式式的動物，植物和礦物？世人心目中最美麗的熱帶鳥、熱帶魚，牠們的色澤多麼絢麗；五彩繽紛的花朵，多姿多采的觀葉類植物，多麼的令人憐愛；還有那些透明的，晶瑩璀璨的寶石，又是多麼的令人著迷！世俗的藝術家又有誰能夠匠心獨運，設計得出來？

我曾經看過一種名叫「文心」的洋蘭，它的每一個花朵就像一個穿著舞衣的小仙女。她戴著褐色的帽子，長著一對褐色的小翅膀，穿著褐色的上衣，高舉雙臂，下面穿著一條黃色的舞裙。

多和諧的色澤！多完美的舞姿！這些嬌小的黃色花朵成串地綴在下垂的軟枝上，真像一隊從天而降的小仙女。每次看到這些花，我都不禁為大自然的神奇感到敬佩，像這樣的藝術精品，人間的藝術家又怎樣創造得出來？

我們看見一些精緻的藝術品，常會說：「這真是巧奪天工！」我不是宿命論者，但是，凡人真的能夠巧奪天工嗎？我認為是不可能的。事實上，我們的美術，都是從大自然模仿過來。太陽光中便包含了我們繪畫的七種顏色；我們的圖案畫，靈感完全來自花朵、樹葉、雲彩、流水，還有鳥獸身上的花紋。我們的舞姿，也是模擬風吹樹枝、鳥兒振翼、魚兒擺尾、貓伸懶腰……怎能巧奪天工？蝴蝶，是世人公認最美麗的昆蟲，牠們翅膀上的圖案有多奇妙！詩人稱牠們為「有翼的花兒」和「飛行的寶石」，可見牠們的美。然而，聽說蝴蝶和蛾類合起來約有九萬種；這也就是說：蝴蝶和蛾類的翅膀就有九萬種不同的圖案。還有誰能巧奪天工呢？

所以我說：只有大自然才是最最偉大的藝術家，而天工也無人能奪。

目遇之而成色

有一天，我從汀州街的一條巷子走向羅斯福路。忽地，我被眼前的景色攫住了。在一幢整面都是玻璃窗的高樓前面，一棵開滿了橙紅色花朵的木棉樹英挺地站在人行道上。木棉樹的葉子已經掉光，但是，疏落的枝椏有力地伸張著；巨大的花朵有著似是天鵝絨做成的厚厚花瓣，給人以雄渾的感覺。

羅斯福路的木棉樹，開花時的璀璨我是欣賞過的。不過，那似乎已是多年前的事。如今，老友重逢，內心不禁一陣興奮。我急步走向巷口，希望看到馬路兩旁兩列樹頂紅花吐艷的瑰麗景色。不幸，「自是尋芳去太遲，不須惆悵怨芳時」，羅斯福路兩旁的木棉樹，全都只剩下禿枝。偶然有一兩棵還沒有全禿的，亦不過只殘存著一兩朵失色的花。像這棵仍然滿樹紅花的，真可說一枝獨秀了。

何必貪多呢？在平凡的市容中，給我發現了這獨秀的一枝，讓我有機會欣賞到英雄花最後的美姿，不就是一次驚艷麼？

又有一天，雨後初晴，我下樓到巷口去寄信。一推開樓下的大門，就被巷子裡的寧靜與空氣的清新呆住了。巷子裡靜謐無人，柏油路面被雨水沖洗得乾乾淨淨。對門人家牆頭上的兩盆杜鵑花，像出水紅蓮似的鮮妍欲滴。兩三隻小麻雀在地面上跳躍覓食，啁啾的聲音清脆可愛。於是，我又有了一次的驚艷。

我是一個非常容易滿足的人。雖然酷愛大自然，但是，我不一定認為要名山大川或豪華的花園才美。我眼中的美是很平凡很「小兒科」的，別人不屑一顧的景色，說不定就是我驚艷的對象。

有時，一道臭水溝旁邊，要是有一株柳樹在那裡搖曳生姿，我便會聯想到「楊柳岸曉風殘月」的詩情畫意。有時，經過一些搭蓋著低矮木屋的陋巷；要是那一間木屋的屋頂上攀緣著長春藤，或者門前用奶粉罐種了幾盆花，我也會發生美感。

我覺得美是存乎心中的，與外界似乎關係不大。所謂「目遇之而成色」是也。

記得多年前聽過一位學畫的美國太太說喜歡我們中國的漁船，對她而言，都是非常美麗的景色。當時，我並不太了解她的想法，以為這只是她對東方的好奇而已。現在想來，她不就是跟我一樣，對美的看法有自己的角度嗎？她對我們的漁船驚艷；我對路旁的一些平凡的景色驚艷，都是「目遇之而成色」呀！

阿里山小唱

觀日出

在攝氏九度的嚴寒下，在迷濛的晨曦裡，在這座深拔二千多公尺的峰頂，那眾多的來自海外、來自都市、來自鄉間的男女老少，像是一群太陽教的子民在等候著膜拜他們的太陽神。他們睜大雙眼，目不轉睛地注視著對面的山頭。看，峰後已有霞光閃耀。看，天邊那幾朵淡玫瑰紅的雲彩。然後，霞光越來越亮，就在一剎那之間，一輪紅日，便像一個碩大無朋的水晶球似地，陡地從山峰後面跳了出來。雖然亮光照得他們連眼睛也睜不開，可是太陽教的子民都齊聲歡呼了起來。歡聲雷動，幾乎震撼了山岳，因為他們的神又再一次君臨大地了。

看雲

每次上山，我都很羨慕住在山上的人，因為他們能夠與白雲為伍。在阿里山賓館舒適的房間裡，推窗眺望對面塔山的雲，也是一種享受。

那天是晴天，中午的時候，天空一片蔚藍，只有一道玉帶似的白雲橫亙在塔山的山腰。到了下午，雲層漸厚；將近黃昏，便積聚成波濤詭譎的雲海，顏色也越變越深，在夕陽的返照之下，色彩千變萬化，幾乎不可逼視。

「相看兩不厭，只有敬亭山」，這是青蓮居士的名句。對我而言，不但任何山都看不厭，就是山上的白雲也是夠我看一輩子的。

山花

還沒有來過阿里山之前，只知道阿里山以櫻花著稱，卻沒想到阿里山有那麼多的花木。一走出車站，就被車站旁邊花圃中盛開的大波斯菊的芳姿所迷惑了。我一向就喜愛這種雅淡的花朵，如今，在高山之上，在這個本來就夠幽雅的環境中，大波斯菊以它們粉白、嫩黃、淡紫和紫紅幾種顏色把阿里山裝潢得更美麗了。

寶島真是四季長春，不但樹木四季常綠，有許多花兒也是終年不絕。現在還在初冬，阿里山上的杜鵑花已開得漫山遍野。還有，一品紅也提早展開它的蓓蕾，這種形狀簡單的花朵雖然不怎麼動人，但是它鮮明的紅色，也會使原野增添一份穠艷。

阿里山的櫻花是有名的，梅樹也不少，可惜現在不是花時。不過，當我徜徉樹下，也可以想像得出滿樹繁花、纓絡繽紛的勝景。

古木

有深山必有古木，而阿里山上的古木尤其多。面對這些樹木中的巨人，我總會有著肅然起敬之感，它們都已經歷過幾千年世上的風霜了啊！

山上，到處都是參天的古木。那棵著名的神木的樹幹，大得像間小屋；小一點的，也要幾個人才能合抱。這些古木，樹身都已變成了灰黑色，樹皮粗糙，就像老人多皺的皮膚。它們有的只剩下樹樁，有的剩下樹幹，有的剩下枯枝，看起來都有著一種悽愴而蒼涼的老態。唯獨有一棵樹齡已高達兩千年的紅檜，樹高四十二公尺，它以巍然之姿屹立在山岡上，樹頂枝葉繁茂，依然生機蓬勃，看來就像一位雖然鬍鬢都已雪白，卻仍然抬頭挺胸的健康老人。樹也跟人一樣，有些樹活得比較長久，有些活得比較短暫；有些樹比較健康，有些樹比較衰弱。人類固然避免不了生老病死這四個階段，植物也是難逃劫數的。

夏「眠」

有些動物有冬眠的習慣，而我這個萬物之靈，卻喜歡夏「眠」。所謂夏「眠」，並非在長夏裡大睡特睡；我的意思是，在炎炎夏日裡，我都盡可能蟄伏家中，非有要事，絕不出外，這已成為我多年的習慣。

十多年前，我曾經寫過一篇題目叫「閉關十日記」的文章，就是敘述我夏「眠」的經過。一開始我就說：「說起來真不會有人相信，家住在鬧市的中心，既非侯門似海，又非抱病在身，而我居然有了一次十日未出大門一步的紀錄，這寧非奇蹟？……我不出門的原因是怕熱，既沒有必須出門的理由，一動何如一靜？外面既然沒有比家更能吸引我的地方，我也就索性杜門不出，作一次夏眠。」

重讀舊稿，這才發覺原來我這個人擇善固執，相當頑固，十多年前的想法，竟和今天一模一樣，那個時候，我就已懂得一動不如一靜，大熱天裡，寧可蟄伏家中，也不要到外面去受活罪。

我不明白的是：十幾年前家裡還沒有電冰箱，孩子也還小，十天不出門，蔬菜魚肉誰去採購？這個問題是怎樣解決的，事隔多年，我已無法記憶。

到了今日，家庭主婦們可幸福得多了。家家戶戶都有電冰箱，一星期出去採購一次，伙食絕對不至發生問題。要是怕熱，白天不想出去，黃昏以後到超級市場去買，既不必曬到太陽，又不必忍受舊式市場的髒亂。套一句廣告用語，真是「一滴水也沾不上手」。

那一年的夏天，我有過十天足不出戶的紀錄；今年，我也有一星期沒有出過門了。在家裡穿一件寬鬆的舊洋裝，趿一雙草編的拖鞋，其自由與舒適，又豈是滿臉塗著化妝品、全身披掛坐在有空氣調節的辦公室裡埋頭案牘所可比擬？我是個知足常樂的人，由於自己有了這份可以不必出門的福氣，對上蒼也就常懷感謝。

今年春遲，三月裡還是冬天天氣。今年也夏遲，除了四月有過一星期的炎熱以外，到五月還挺涼快的。想不到，端午節一過，就大熱特熱起來，即便不出門，在家裡稍一勞動，就汗流浹背；伏在桌上寫稿，手臂上的汗水也會沾濕稿紙。在這種酷暑的天氣中，能夠躲在家裡，是不是也算一種福氣呢？

不過，人是不能離群而索居的，既然群居，就得跟別人來往。天氣雖炎熱，我豈能真的在整個夏季裡蟄伏家中？能有一星期的足不出戶，就已十分難能可貴，我還敢苟求嗎？

夏日的黃昏

夏日裡的一個黃昏，我意外的有了半小時的空暇。於是，搬了一把藤椅到陽臺去小坐，享受享受浮生中偶然得來的悠閒。

把大地烤炙了一天的驕陽已經回到他山後的宮殿去休息，河上的清風吹散了白天的炎熱。好舒服啊！真感謝大自然晝夜循環的法則，假使在夏天裡一天二十四小時都被太陽照射著，恐怕萬物都要烤焦的。

我手中拿著一本書，但是並不十分專心的看；我的眼睛，不時瀏覽著陽臺上所種植的盆花。那盆小楓樹（其實並不是真正的楓樹，只因為它的葉子常年是紅色的，故名）是我最鍾愛的，細細的枝柯，嫣紅的葉子，真是風姿綽約。因為它好看，我常把它移到室內作裝飾；但是，一放在室內，它就開始憔悴。不得已，只好又送到陽臺上。大概紅葉都是需要陽光的，否則，紅色就全消褪了。

一盆變種的小薔薇也是我喜愛的。小小的花朵，顯得十分嬌俏；在晚霞的反照下，色澤似乎更加鮮艷，直把我看得目迷神馳。

現在，正是孩子們放了學，而主婦們還不到做晚飯的時刻。家家的陽臺都有人在納涼，大門口也有人在聊天，巷子裡熱鬧一片。

「媽媽，阿公打電話來了！」不知哪一家的孩子在樓上喊。「來了！來了！」做媽媽的大概正在樓下跟鄰居閒聊，此刻，一定是兩步併作一步的奔上樓去。她的聲音中充滿了喜悅，連我這旁聽者也沾染上了。簡單的兩句對白，顯示出多少親情啊！

「臭豆腐喲！」賣臭豆腐的小販來了，他是每天這個時候都來的。

「臭豆腐，等一等！」一個很可愛的童稚聲音在叫。

「好！」賣臭豆腐的中年人愉快地回答。這位小販很和氣，經常都是笑瞇瞇的，我也跟他買過臭豆腐。

「臭豆腐，不要走，等一下啊！」又是另一家小孩子在叫。

「好啦！好啦！」賣臭豆腐的中年人用更愉快、更和藹的聲音回答。

我想：他用這樣愉快、和藹的聲音回答顧客，並不是由於他有生意可做，而是由於天生的好脾氣。

我這個夏日的黃昏也是過得挺愉快的。我享受了涼風，欣賞了盆栽，又聽見了表現出骨肉情深的對話，還有那最最和氣的買賣。

偷來半小時的悠閒，想不到卻換來心靈好幾天的舒暢。

河堤漫步

由於貪看晚間的電視影集，睡得較遲，我早已變成一個懶惰的晚起者；雖然，清晨的七點在一些過慣夜生活的人眼中，仍是一個應該是好夢方酣的時刻。

有那麼一天，我突然醒得比較早，客廳那個古老的德國座鐘才敲了六下，我就瞪大雙眼望著投射在臥室窗簾上的玫瑰晨曦了。

「起來散步去！」我對自己說。

我一躍而起，匆匆梳洗完畢，就開門下樓。

啊！戶外的空氣好清新，涼沁沁的，就像是薄荷酒，我貪婪地深深吸了一口，很後悔自己平日的貪睡。

巷子裡已經很熱鬧了。送報生的腳踏車過了一輛又一輛；垃圾車已在鄰巷叮叮噹噹的響了起來；賣豆花、賣饅頭的小販開始出動；勤快的小朋友也出門上學。一日之計在於晨呀！

走上巷側的堤岸，我不禁驚訝地叫了起來。為什麼在一夜之間，河岸兩邊的低地都長滿了白茫茫的芒草？好壯觀呀！是大自然的魔杖一指就變出來的嗎？這白茫茫的一片，雖然並不美麗，但是由於量多，聲勢浩大，也給人以一種壯麗之感。這種芒草，在臺灣到處可見。因為它也是在秋天開棉絮狀的白花，形狀和蘆葦有點類似，以前我還以為是蘆葦，後來經人指點，方知自己的錯誤，真是不經一事，不長一智。

我在河堤上漫步著，眺望著白茫茫一片、無邊無際的芒草，深深為大自然的奇妙而感到驚懾。不要小看這種卑微的野生植物，它還可以做掃把的材料哩！

河堤上也相當「熱鬧」，吾道不孤，早起的人多的是，現在大家都懂得要維護健康了。

有人在打太極拳，雙手一推一挽之間，姿態悠然。有人在蹓狗，狗兒沒有公德心，弄得到處髒穢。也有些老先生老太太在踽踽獨行，渾然忘我的。

鄰居碰到面，彼此微笑招呼一聲：「早哇！」交情似乎又增進了一步。

在河堤上漫步了半個鐘頭，計算家人在等著吃早餐了，就走下河堤，踅到巷口的麵包店去買麵包回家。一人再沖一杯牛奶，就解決了早餐問題，現代的主婦其實也很好當的。

在早晨的清氣裡，在開曠的河堤上走了一趟，出了一身微微的汗，胃口居然大開。有著一個這麼方便的散步場所，以後是應該常常早起的。

可望而不可即的冬陽

今年冬天的天氣有點反常，到今天（行憲紀念日）為止，還不曾冷過，一點也不像冬天。十一月的時候有過陰雨連綿的幾天，倒也有點秋意。然而，進入了十二月，卻是天天十月小陽春，艷陽高照，到處百花盛開，真有點春天的意味。

本來，冬天的陽光是最可愛的；但是，要天氣冷才顯得陽光可愛。要是在二三十度的天氣裡，在太陽下走五分鐘，馬上便有熱的感覺；走十分鐘，也許就要淌汗，那就不太可愛了。這說的是在室外的情形。在室內，二十幾度正是最理想的氣溫，不冷也不熱，一件長袖襯衫，一條長褲的打扮，既方便又瀟灑。可惜，一年之中，這種日子並不多。

遺憾的是，我們的屋子一進入冬季便照不到陽光，前陽臺照不到，後陽臺也照不到，不但前陽臺的花草因此而長得不茂盛，想曬曬衣被也沒有辦法。

我們的屋子坐南朝北，在盛夏的時候，後陽臺上午照得到太陽，前陽臺則在下午照得到。上午的太陽很受我的歡迎，因為正好配合我洗衣服晾衣服的時間。前陽臺下午的西曬，使得客廳很悶熱，便不免被我埋怨了。還好這段時期不長，大概到九月以後就再也沒有西曬的現象。

九月以後，寶島的陽光仍很炎熱，對門一列坐北朝南的房子，正面整天被陽光照著，從早上照到黃昏。這時，我不禁有點沾沾自喜：人人都說朝南房子好，如今，好處在哪裡呢？從早曬到晚，屋子豈不變成蒸籠？我們「不幸」買了朝北的房子，誰說不是塞翁失馬？

曾幾何時？秋去冬來，在不知不覺之間，我們的屋子竟與陽光絕緣，想曬曬東西，根本沒有辦法可想。而對門就南的屋子，卻是從早到晚都有金黃色的、暖呼呼的太陽照耀著。眼看對面人家陽臺上的花草青葱茂盛，花花綠綠的衣服被褥曬滿了陽臺，懊惱之餘，真是羨慕得說不出話來。那種可望而不可即的感覺，正像一個身無分文的窮光蛋，望著食品店櫥中誘人的食物，只有流口水的份兒。

這幾天，我屋子裡朝南的房間到了午後窗外會射進來一丁點的陽光，就像施捨似的，只有那麼一小塊，而且轉瞬即逝，也派不上什麼用場。

冬天到了，春天還會遠嗎？時光流逝，物換星移，在不久的將來，在花香鳥語的春天裡，我知道我們的屋子又會灑滿了白花花的陽光的。

春樹如花

外一章

今年的春天來得似乎特別早，又似乎很遲。二月裡，便陽光滿眼，氣溫高達二十七八度，把山上的、郊原裡的、庭院裡的百花熱得一下子全穿上嫣紅姹紫、粉白黛綠的春衫。可是，到了三月，春光忽然間又消失得無影無蹤，風雨連天，只剩下春寒料峭，使人只好又無精打采地蜷伏在斗室內。

有這麼一天，久雨初歇，吹了好幾天的狂風也停息了，為了想活動活動筋骨，我就在附近巷中漫步著。幾天沒有出門，我不禁驚詫於路旁的樹木為何變得青葱如許。每一棵樹的樹枝上都綴滿深淺不同的綠葉，深綠的葉子是已長成的，淺綠的是剛抽出來的嫩葉。深淺兩種綠混和著，遠遠望去，那些簇葉就像是一幅立體畫，美妙非凡。原來，三月裡室內的春光雖然因為風雨而消失，但是真正的春色卻是在枝頭上。

我對植物的常識很貧乏，叫不出幾種樹的名稱，而又只偏愛那些葉子細小的樹。現在，我看到的這些樹便是小葉的，葉子小而濃密，綴滿在枝頭，嫩綠鵝黃的新葉，受了雨水的洗禮，份外晶瑩剔逸，真是可愛極了。春花固然美，而春樹也實在另有一番動人心處。

春樹如花，我愛春樹。

乘著樂聲的翅膀入夢

坐在窗前夜讀，忽然隱隱聽見了鋼琴的聲音。那不是生澀的練琴聲，而是唱片或收音機播出來的名家演奏。平日很少聽見鄰居有古典音樂的同好，今夜是誰如此風雅呢？為了想聽清楚一點，我下意識地把窗門推開一些。

才這樣做，心中便覺啞然。我剛才愚笨的動作，真像是「閉門推出窗前月，投石衝開水底天」一樣可笑哩！

我不知正在播放的鋼琴曲是哪一首作品，反正是熟悉而喜愛的就是。我靜靜地聽了一會兒，覺得累了，就上床去。閉著眼睛欣賞，琴聲似乎更加動人。

靠近午夜了，那位仁兄仍然收聽下去，音量也不減低一點。我雖然很愛古典音樂，卻也替他擔心會驚擾四鄰。美妙的鋼琴聲盪漾在氤氳的春夜裡，盪漾在我簾幕低垂的臥室中，也盪漾在我的心房中。聽著，聽著，我快要入睡了；忽然，琴音歇止，又換了一首柴可夫斯基的交響曲，原來輕柔的琴音，馬上變成沉鬱而憤怒的管弦聲。柴氏的作品我都很喜愛；然而，夜已深沉，怎能再聽那些驚天動地的交響樂呢？那位愛樂的仁兄也未免太自私、太忘形了吧？

還好，他並沒有吵到我。我躺在枕上迷迷糊糊地聽了幾分鐘，還分辨不出這首到底是柴氏的第四號或第五號交響樂時，便乘著樂音的翅膀，開始飛向虛無的夢鄉中去。

小品兩題

給彈琴者

幾千人密密坐在一起的音樂廳寂靜如古廟，沒有人敢喘一口大氣，唯恐褻瀆了你的琴音。年輕的你，屹坐在臺上，巨大的鋼琴襯托得你好瘦小；但是，你卻表情肅穆，莊嚴如天神。你的頭一揚，雙手一揮動，纖長的十指就像是無數跳躍在琴鍵上的小精靈，敲打出一串又一串美妙得令人想要哭泣的音符。

琴上一共才只有八十八個琴鍵；然而，你的琴音，有時竟像千軍萬馬般排山倒海奔騰而來，雷霆萬鈞，使人震撼得心弦顫慄。有時，又像一顆水珠滴落在深潭上那樣輕柔，那樣清脆；像春夜的微風吹拂著髮絲那樣甜美，那樣溫存。它是如此的出神入化、變幻無窮，你的十指又像是魔指。

亙古以來，白髮蕭蕭的音樂大師們用琴鍵譜出了他們內心的情感；年輕的你，卻用琴鍵彈出了他們的心聲。

你屹坐臺上兩小時，在琴音中渾然忘我，彷彿穿越時光隧道，到達了十九世紀的中歐，跟大師們在一起。直至全場爆起了如雷的掌聲，還有一聲又一聲的「安可」，你這才猛然醒轉，回到二十世紀的東方，站起來，溫文地鞠躬謝幕。

曲終人散，落幕了，一串又一串美妙的音符卻仍然縈迴在聽眾的胸臆中。感謝你，彈琴的人，你給予我們一個美妙而永難忘懷的夜晚。

共度黃昏

在那個晴朗得透明、溫暖如仲春的冬日黃昏，我和一位好友沿著忠孝東路整潔的人行道慢慢散步，從西向東。

一輛又一輛載客都超過了飽和點的公車從我們身旁駛過；但是清潔的紅磚道上卻沒有幾個行人。我們以悠然的心情和悠然的腳步走著走著，不知不覺就走到了國父紀念館。

巍峨的建築物俯視著渺小的我們，渺小的我們坐在園中的石凳上仰視著巍峨的建築物，有著安全與被保護的感覺。天氣溫暖得出奇，在冬日的黃昏竟然能夠在公園中坐著，我覺得只有在寶島才能夠享有這種福份。

我們坐在溫暖的冬日黃昏裡海闊天空地聊著。我們談時局，談最近讀到的文章，談家庭，談朋友的近況，兩人都熱烈地搶著發言；在不知不覺中，暮色竟已一寸一寸地圍攏過來。天空已完全墨黑了，只閃爍著幾點疏星。路燈亮起來了，淡青色的光芒照得人臉好蒼白。國父紀念館前的噴水池的五彩電燈也開啟了，一股又一股彩色的水柱升起來又降落。黃昏逝去，四周的遊人反而多了起來。

我們又踏著紅磚道緩緩歸去，雖然因為話說得太多而嗓子有點沙啞，但是心頭卻充實無比。在繁忙的生活中跟一位知心好友在戶外共度一個美好的黃昏，也是偷得浮生半日閒、調劑身心的一種方式吧？

夜半聞鈴

我家的陽臺上掛著三個風鈴，一個是玻璃的，一個是壓克力的，一個是銅的。玻璃和壓克力的聲音較小而清脆；因為它們的質輕，所以微風過處也會發出響聲。銅製的聲音較大而清越，但是要風比較大時才會響。

暑去秋來，近日風多；於是，我家的陽臺上日夜都可以聽得到的鈴的鈴、叮咚叮咚、叮噹叮噹三個風鈴合奏出來的小小交響樂，使我以為自己置身在音樂廳裡。

我是個很容易醒的人。入睡以後，只要是電話鈴響、有人按門鈴、有人大聲說話，或者街上有什麼不尋常的聲音，立刻就會醒過來，而且要幾個鐘頭以後才能入睡。這種「失眠」滋味，我已有二十年以上的經驗。早年時，一睡不著就心急，但是卻越急越睡不著。後來，我不急了，索性利用這段夜深人靜的空檔來構思文章的內容，或者思考一些問題，而且往往也有所得。我也就不再為「失眠」煩惱。

如今，假如我睡不著，就更加不愁寂寞了。我舒適地躺在枕上，什麼也不想，只是靜靜地欣賞著陽臺上的風鈴交響樂，讓的鈴、叮咚叮咚、叮噹叮噹的清脆而悅耳的美妙旋律洗滌我疲乏的心靈，作為我的催眠曲。

有時，也會因為鈴聲而想起了一些前人的詩句，如「夜雨聞鈴腸斷聲」或「鐵馬秋風大散關」等等；於是，我的魂夢就會飛越關山回到古老的中國去。那千百年前繫在深宮的碧瓦下、茅屋的屋簷下，在曉風殘月中顫動著的銅鈴和鐵馬，它們的聲音是否也清脆得跟我陽臺上的那三個風鈴一樣？當年，悽婉動人的「雨霖鈴」的度曲聲，又湮沒到何處去了？這時，一陣惆悵，又會無端襲上心頭。

秋夜風多，我陽臺上的三個風鈴又開始的鈴的鈴、叮咚叮咚、叮噹叮噹的響個不停，那聲音是那麼清脆、那麼輕柔，在靜夜中，簡直就是如聞仙樂。從此，我將不再為自己偶然的睡不著發愁，可愛的風鈴交響曲將會伴我進入夢鄉的。我只擔心：要是哪一個晚上微風不生，連一聲風鈴的樂音都聽不到，那將會多麼寂寞。

數羊兒以外

對那些會失眠的人，專家總是勸他們：假使數羊兒數到一百隻還不能入睡，那麼，就把心情放鬆，去想些愉快的事吧！想到開心處，你就會酣然入睡的。

我這個人生性呆板，一生的起居作息都有定時，倒不至於患有失眠病。不過，有時心裡有事，或者當晚有應酬、太過興奮，也會熬到深夜兩三點還睡不著。失眠時我很不喜歡數羊兒，因為我數得頭昏腦脹，越數越煩躁；越煩躁就越睡不著。於是，我遵從專家的話，去想一些愉快的事情。

不想則已，一想卻反而令我傷感起來，原來，我發現我竟已想不出任何愉快的事。

很快地追溯一下自己的大半生：童年混混沌沌，根本無所謂快樂不快樂。少年時代適逢八年抗戰，過著顛沛流離的歲月，又有何快樂之可言？為人妻為人母之後，避禍海隅，過的是一段相當艱苦的日子。比較可以說得上愉快的，大概是孩子們都長大了而尚未離家時吧？可惜好景不常，羽毛豐滿了的小鳥，連二接三的離巢而去，絢爛而熱鬧的家庭生活頓時變得冷清清的，如今的我，似乎什麼也沒有了。

忽地，一首多年前唱過的英文老歌閃電般進入我的腦海中，這首歌的歌詞是這樣的：

什麼也沒有留下給我，
在那逝去的日子；
我喜歡耽在回憶裡，
在我的紀念品中間。
一些繫在藍絲帶中的信件，
還有一兩幅舊照片；
我看見你送給我的玫瑰，
在我的紀念品中間。
另外還有幾樣小物件，
憩息在我的寶物箱中；
雖則它們竭盡所能，
要給予我以安慰。

我把它們一件件細數，
淚珠卻忍不住流下；
我找到了一顆破碎的心，
在我的紀念品中間。

躺在枕上，我無聲地哼著這首睽違已久的老歌。我為什麼會想到它呢？是因為它的第一句嗎？這首歌誠然很美；然而，它的內容跟我的心境卻完全不同呀！這首歌是在傷懷往事而我卻只是想不出有愉快的事情而已，我為什麼要牽扯出這首傷感的歌來呢？

它的第一句：「什麼也沒有留下給我，在那逝去的日子」，我真的什麼也沒有嗎？那是不對的。我有幸福的家庭、健康的身體，我還有一枝筆啊！儘管我過去的生命太過平淡，沒有什麼值得留戀的往事，可是，也沒有遭遇過什麼痛苦和災難。平安便是福。難道這還不夠？

是的，我應該感謝上蒼，祂賜給我以大半生平靜無波的歲月，我是應該滿足的了。

不知道什麼時候，我帶著感謝與滿足的心情，酣然入夢。

自然之道

白天過去，慈愛的母親
牽著小寶寶的手去上床。
一半情願，一半不甘心，
把他破損的玩具留在地板上，
還往那扇開著的門癡望，
既不相信，也不覺得安慰，
雖則媽媽答應了要給他
一些更可愛的來代替。
大自然對我們也是如此，
祂把我們的玩具一件件的拿走，
然後溫柔地引領我們去安息，

我們很難了解自己想去還是想停留，
因為我們的睡意太深，
無法知道不可知的超越我們所知的有多少。

——朗費羅

十九世紀英國名詩人朗費羅的這首十四行詩，原名Nature。他以母親帶孩子上床來比喻死亡，「祂把我們的玩具一件件的拿走」來比喻一個人的青春、美貌、健康和事業都隨著歲月的增長而日漸消失，最後，到了我們兩手空空，什麼都已失去時，也就是離開塵世的時刻了。這就是自然之道，生老病死，原是人人都不能免的。讀完了朗費羅這首詩，我覺得死亡似乎並不那麼可怕，您呢？

曲終人散

舞臺上，表演的人鞠躬謝幕，觀眾席上，掌聲久久不絕。然後，紅色的絲絨幕徐徐落下，觀眾緩緩散去。然後，燈光漸漸暗淡，臺下，是一排一排空的座位；臺上，是一列列開始憔悴的花籃。此刻的空寂與幾分鐘前的熱鬧，剛好成了一個強烈的對比；一種曲終人散的悲哀，令人低徊不已。

除了做學生時參加過幾次合唱、演出過一次歌舞劇以外，我可說從來不曾有過登臺的經驗，我永遠只是一名觀眾而不是一個表演的人；然而，我對「曲終人散」的感受卻特別敏銳，難道人生就是舞臺？

我最怕的是一次愉快的假期結束了；一個盛會散會了；一次旅遊又到了賦歸的時候；一次家人的團聚轉眼又得各奔前程。歡樂之後立刻又要嚐到痛苦，良宵苦短，盛筵難再，那份惆悵，那份失落感，真是難以形容。

有一年，我跟隨一個團體到國外去訪問了半個月。我本來就喜歡旅遊，這時，既不必每天擠公車上班，又不必料理家務，又有人招待遊山玩水，可說是稱心如意到了極點。可是，快樂的時光過得特別快，轉眼又到了曲終人散的時候，訪問的期限到了，只好依依不捨的離去，回來又再投身於機械的日常生活中，當作是做了一場春夢。

有一年的春節，我拋開家務，和一位好友到中部玩了兩天。雖然只有短短兩天，但是因為我們彼此談得來，玩得異常痛快，只希望能夠天天這樣過，不再回家。然而，不管戲演得多好，幕終須要落，總有曲終人散的一刻。

又有一次，舍妹從海外回來探望我。我們姊妹也有兩三年沒有見面，這時的歡欣自不在話下。我天天陪她出去玩，每日早出晚歸，遊遍了北部的觀光區，彷彿自己也在渡假，根本忘記了本身還有工作。快樂則快樂矣，可惜，別離的時刻終要來到，機場送行，又嚐到了分離之苦。

世界上的一切事物都是相對的：有快樂，就有痛苦；有團聚，就有分離；有美麗，就有醜惡；有安逸，就有勞苦；有臺上出色的表演、如雷的掌聲，所以就有曲終人散的悲哀。

我們有一句老話：「天下無不散之筵席」，既然有聚就有散；既然世事都是相對的；那麼，曲終人散又有什麼好悲哀的呢？有生便有死，在舞臺上的紅絲絨幕升起的時候，便註定了一定會有落幕的時刻呀！

碎夢

在一艘輪船的艙房裡，好像有著兩張相連成為L形的雙層床。第一次坐船，我好奇地搶先爬上那張靠近門口的上舖上，不一會兒，有人送來早點，是又稠又香的稀飯和雲南大頭菜。大概只有四五歲的我，從來不曾吃過大頭菜，覺得好吃極了。後來，父親又把送行親友送給我們的巧克力糖分給我們姊妹吃，在我童稚的心目中，坐船真是世界上最可愛的事。

這段小插曲是我有生以來最早的記憶，雖然有點模糊，不過還是記得很清楚。長大後從雙親那裡知道那是我們一家從香港坐船到上海的情形。母親還奇怪我為什麼會記得，她說她根本毫無印象了。

在一間陰暗的房間裡，一位胖胖的老太太從床底下摸索出一個餅乾罐，取出一塊硬硬的炒米餅給我吃，母親叫我喊她三叔婆。這是我們一家抵達上海以後所會見的一位我從未謀面的親戚，她的面貌我已完全記不得，不過這卻是我生命中第二個最早的印象。

父母帶著我和妹妹坐人力車經過北平的一個城門，城門底下擺著很多玩具攤子，有些泥做的小玩偶吸引了我，我很想叫父母買給我，但是人力車跑得那麼快，一下子便把那些攤子丟得老遠。於是，北平城門下的玩具攤，就永遠成為我早期的回憶之一。

我們一家走進一個人家裡，清爽的四合院，欄干上擺滿了盆花，屋子裡的陳設全是中國式的，我不認識的主人慇懃地招呼我們住進客房。這是父母帶我和妹妹到北平去遊玩的第二個印象，進城是第一個印象，可惜都已經很模糊。

父親帶我和妹妹去看馬戲。休息的時候，他領我們到場外看動物。哈！那隻可愛的小象正好在撒尿，那模樣好滑稽啊！簡直把我們肚子都笑痛了。那是我們住在天津時的往事，我還只是一個幼稚園的學生，這個印象，到現在還相當鮮明。

父親可能很疼我。另一件往事是他帶我去看梅蘭芳演戲。我仍然是幼稚園的學生，雖然聽不懂戲曲，也看不懂劇情，卻記得那齣戲叫「天女散花」，也還記得梅蘭芳在舞臺上綵帶飛揚、天花飄墜的美姿。

我常常很羨慕別人對往事記憶得那麼清楚，連年月日和價錢等數目字都記得絲毫不爽。而我的一切回憶都是模糊一片，只剩下一些零碎的斷夢，就像是一面鏡子打破了，根本無法再拼湊，只好憑著那幾片較大的碎片來反映過去。還好，我這些生命中最早期的記憶都很愉快，足證我的幼年是極其幸福的。不幸我的雙親都已於近年辭世，在這個世界上已經沒有人能夠跟我一起重溫這些舊夢，只剩下我一個人去回味那些陳年往事了。

溫暖的回憶

我在翻閱一本舊的照片簿，裡面有一些已經發黃的照片，是我童年的全家福。我的雙親尚在壯年，最小的妹妹還抱在懷裡，每個人的臉上都綻放著幸福的微笑。回想當時快樂的童年生活，心頭便覺溫暖。

另外一本比較新的照片簿，是我跟朋友在旅遊的留影。在青山綠水中，大家是笑得那麼開心，彷彿世間全無煩惱。現在回想起來，心頭便覺溫暖。

我在翻閱去年的日記本，其中有半個月是我到香港去探訪弟弟妹妹的記載。我們姊弟六人，曾經愉快地在港九各地尋幽攬勝，也曾經在家裡圍爐共話家常。一想到我在那一年中曾經和他們一起渡過二十四分之一的辰光，以及當時的歡樂情景，心頭便覺溫暖。

我在翻閱一疊舊信，裡面有許多好友的筆跡。有些人的信裡辭藻優美，落筆如行雲流水，勝似一篇散文；有些噓寒問暖，情意懇切。看著她們的手澤，想起了她們的友情的濃郁，以及跟她們相處時的愉快，心頭便覺溫暖。

我並不是一個沉湎在過去中的人；但是，我不否認回憶的快樂。有一部我已看過三回以上的真正名片「金玉盟」，裡面有一句警言：「假如沒有溫暖的回憶，冬天豈不是太寒冷？」

的確，回憶就像是生命之杯裡的一匙白糖，可以增加不少甜蜜。回憶又像是彩色攝影，沒有了它，我們的生命可能便沒有那麼多姿多彩。

對一個走到了生命盡頭，每天只能坐在搖椅上打盹的老人；對一個患病在床，心裡明白，軀體卻不能走動的病人；對一個沒有親人、淒涼寂寞的獨居者；若是在他們過去的生命中有許多溫馨的往事可供回憶，那麼，他們的日子也就好打發得多。怕的就是，連溫暖的回憶也沒有。

對患有習慣性失眠症的人，專家的勸告是：盡量放鬆自己，想些快樂的事，在愉快的心情中，慢慢便可入睡。這時，要是這個失眠的人有許多溫暖的回憶，靠著這些愉快的記憶，他一定會緩緩進入睡鄉。不幸而沒有什麼快樂的回憶的人，大概就只好眼睜睜的等到天亮。

假使過去沒有溫暖的回憶，那麼，不妨從現在開始製造。要是每一天的生活都過得很充實很愉快，到了將來，便會有許多溫暖的回憶了。

幸福何處尋？

每個晚上，尤其是在寒夜裡，當我又冷又倦地爬上床時，我總會在心中默默地感謝上蒼，感謝祂讓我在疲乏時有這樣一間整潔的臥室和一張舒適溫暖的床可以睡覺。同時，也默默向上蒼祈禱，請祂保佑全世界的人都有一個平安的夜晚。

我覺得：在寒夜裡，有一張潔淨的床和足夠的被褥，平平安安地睡到天亮，這不就是一種幸福了嗎？

幸福到底是什麼呢？它是一種抽象的感覺，感受因人而異，很難具體地說出來。有些人終身去追求幸福卻找不著，因為他看不見圍繞在身邊的幸福。

有人以為握有權力是幸福；有人以為錦衣玉食是幸福；有人以為鈔票多是幸福；有人以為名滿天下是幸福；有人以為美貌是幸福。那是由於每個人環境不同，而人生觀也各異之故。由於一般人大都只著眼於大的幸福，而大的幸福卻是難以尋求，有時得花相當的代價，所以，在一般人的眼中，都很少看得到幸福。

其實，很多很多極為平常的事，像身體健康；婚姻美滿；子女上進；家庭和睦；生活在安定的社會裡，有一份稱心的工作；這些又何嘗不是幸福呢？只不過這些幸福比較普遍，大家都變成了當局者迷罷了！

再小一點的事，像前面所說的寒夜有一張柔軟舒適的床；肚子餓時有一頓熱騰騰的飯菜；酷暑時有水可以洗澡；走累時有一對拖鞋可穿；口渴時有一杯香茗；寂寞時有一個良伴，難道這又不是幸福？

只要我們不要忽視那些小小的幸福，便隨時都會有幸福的感覺，能夠經常保持著幸福的感覺，豈不就是一個幸福的人？

人人都只致力於追尋大的幸福，就等於人人都只知道尋大的財富而忘記了積少可以成多、集腋可以成裘一樣。你瞧不起小小的金錢，而大的財富也許終身都尋不到，那豈不是會一生貧乏了嗎？把你的心胸擴大一點，你就可以隨時隨地找到幸福，要是人在福中而不知福，那真是會永遠找不到幸福的。

等候綠衣人

等候綠衣人

多年來，在平靜的家居生活中，等候綠衣人來臨，已成為我每日例行作業之一。我記得：從前一直都是上下午各送信一次的，吃過中飯下樓去，信箱裡一定會有郵件；然後，下午四五點鐘又會收到一批。也不知道是不是近來送信時間改變了，每天，總要等到下午三點左右才有郵差來。這時，我就會豎起耳朵，諦聽著街上的動靜，只要聽見傳來腳踏車煞車的聲音，就知道郵差先生在挨家挨戶的送信了，於是，我就緊急下樓去，看看我們信箱有沒有收穫。

我的喜悅總是跟著郵件的多寡成正比。收到一大堆郵件的那天，我就會感到異常充實，滿懷欣悅；要是郵箱裡空空如也，我便會嗒然若喪，彷彿這個世界遺棄了我，因而就會影響到整天的情緒都不佳。

有時想想，自己這種心理也未免太痴愚了，幾封信，一些印刷品、一些開會通知，就值得你這樣神魂顛倒嗎？事實上，我的生活太平淡了，假使沒有一些郵件來把我和外面的世界聯繫起來，豈不是跟這個世界完全隔絕了嗎？我每天苦苦痴候綠衣人腳踏車的鈴聲，正是因為我不甘寂寞。

心裡的平安

一位朋友告訴我她的一件遭遇，不但使我極具同感，也發為深省，引以為鑑。下面就是朋友的話：

你知道的，我多年來過著安貧樂道的生活，雖然在物質的享受並不太富足，但是平安是福，倒也從來沒有煩惱。最近，有一位親戚要赴美探親兩年，她要我們全家搬到她新買不久的豪華公寓去住，沒有任何條件，只是替她保管，替她付水、電、電話和管理費，以及每年兩次代繳房屋稅和土地稅而已。她這樣一說，我平靜的心境立刻被攪亂了。和她家相比，我們的小公寓自然是狗窩一樣，免費到她家去享受兩年，似乎沒有什麼不妥（我們自己的房子可以暫時租給別人）；可是，她的高級公寓位於市東北區，而我們住在郊區，要搬到她那裡，要是孩子們不轉學，就得轉兩趟公車，那太不方便了；而且，搬一次家有多麻煩呀！兩年後又要搬回來。

就這樣，我患得患失的想了又想，因此而弄到夜夜失眠。後來，跟丈夫商量的結果，決定放棄這當頭的鴻運，這才解除心理上的負擔，也恢復了心境的寧靜。

從朋友的這番話看來，一個人心裡的平安實在太重要了。佛詩中的「身似菩提樹，心如明鏡臺；時時勤拂拭，勿使惹塵埃」，「菩提本無樹，明鏡亦非臺；本來無一物，何處惹塵埃。」我們凡人，雖然沒有那種慧根，無法達到「菩提本無樹，明鏡亦非臺」的境界；但是，我們也應該時時拂拭我們的內心，使它不要沾惹塵埃，才能保持心境的寧靜，獲致心裡的平安。我的朋友要是一開頭就拒絕了她的朋友的好意，不是就不會有後來的煩惱了嗎？

美麗的遠景

前些日子，我發現我們屋子旁邊的河堤上種了許多小樹，因為忙，也不曾走過去細看。我一直很滿意我們這裡的環境，一走進我們這條弄堂，就可以看到河堤。河堤上有一道十多級的石階，這道石階就正對我們的弄堂。河堤上長滿綠草，河堤下面有一個花壇，嫣紅姹紫的杜鵑花正開得燦爛。遠遠望去，河堤後面就是藍天白雲和一個青翠的山峰。走上河堤，更是可以清楚地眺望到對岸北市的公館以及新店溪上一大片新生地。

如今，堤上種了兩行樹苗，這裡的環境將更加清幽了，那些到底是什麼樹呢？那天，我特地走近堤邊細看，原來那些樹苗竟是柳樹。我頓時滿心喜悅，眼前立刻展開一幅美麗的遠景：兩行柳樹都已長大，如絲的柳葉在風中搖曳，翠拂行人首。有了柳樹的遮蔭，以後，我們在堤上散步，就不怕日曬，也更加詩情畫意了。

這道河堤變成了楊柳岸，以後，我們不但可以在黃昏時分到柳蔭下享受清風徐來；有時也可以邀約良朋三五，搬幾張椅子，在柳蔭下品茗談心，把這裡聊當是西子湖上的蘇堤，發思古的幽情，聯想到柳三變的曉風殘月。

我要日夜禱告，祈求這些柳樹的樹苗快點長大。不只因為有了它們而使我有福份住在綠楊邨裡，更因為這兩行柳樹不但有鞏固堤防之功，而且也可以為我們這些堤畔的人家擋擋河上吹來的狂風。

心在水之湄

蒹葭淒淒，白露未晞，所謂伊人，在水之湄。
遡洄從之，道阻且躋；遡游從之，宛在水中坻。

——詩經・秦風

我不是智者，可是，我從小就對流動的水比對凝重的山更有好感。不論是清冽的泉水、潺湲的小溪、幽深的潭水、如鏡的湖泊、滔滔的江河或者浩瀚的海洋，我都喜愛有加，只因為它們的成份都是清澄而透明的水。

我愛水，大概跟兒時所居住的環境有關吧？我生在廣州，長在廣州。廣州是國父「建國方略」中實業計畫裡的「南方大港」，位於珠江的出海口。珠江就是西江的下游，河面寬闊，河水浩蕩，上跨雄偉的海珠橋，而「珠江夜月」更是羊城八景之一。我雖然不曾親身體驗過在珠江上泛舟賞月的樂趣；不過，從父親口中也可以想像得出珠江河面畫舫笙歌、飛觴醉月的盛況，絕對不會輸給秦淮河。

住在濱海城市的孩子怎能不樂水呢？

外子是福建龍溪人，不過他的童年卻在鼓浪嶼度過。婚後，我就一直聽他經常訴說鼓浪嶼的風景如何如何美好，原來他也是個樂水的人。他說：鼓浪嶼是廈門對岸的一個小島，島上有很多山，林木蒼翠，半山上建有很多精巧的小洋房，綠蔭中隱現紅牆碧瓦，恍如仙境。岸畔沙灘潔白，是海水浴的好去處。他又說：月下在沙灘上彈吉他、唱歌，情調更是迷人。

我對福建原本極其陌生，聽他這一說，對鼓浪嶼這座可愛的小島，不覺也神往起來了，何況那是他的故鄉？我不但懷念我自己的故鄉廣州，日夜思念珠江的景色，也憧憬嚮往著鼓浪嶼迷人的沙灘。啊！樂水的天涯遊子的一顆心總是在水之湄。

前年冬天，兒子要我為他將要出生的嬰兒命名。平日寫小說時，為筆下人物取名字毫不困難，只要按他們的年齡、身分取得恰當就行。想不到，一旦要為自己的第三代取名字卻那麼困難(我們四個兒子的名字都是外子取的，我並未參與)。名字既要雅，又要唸起來好聽；既要有意義，又不要太難寫太偏僻的字眼，真是費煞思量。因為我是個唯心論者，又是個樂水的人；我就先把「心」字決定下來，準備再配一個水旁的字。幾經思考，我擬定了「心浩」和「心湄」兩個名字。「心浩」是給男孩用的；「心湄」是給女孩用的，正是心在水之湄的意思。兒子一看立刻贊同，不久，小嬰兒呱呱墜地，是個玉雪可愛的女娃兒；於是，心湄這個名字就正式有了主人。

很多人說這個名字文藝氣息太重。那有什麼辦法？誰叫兒子要我替他出主意？而我的懷鄉病又那麼深，只好把我的鄉愁寄托在小孫女的名字上面。我的心在水之湄，在珠江畔的廣州，在四面都是海的小島鼓浪嶼上啊！

「美藝」的崇拜者

偶然在電視新聞裡，看到義大利米蘭的一家歌劇院重新裝修，行將一連串演出的歌劇、芭蕾舞和交響樂的消息，不禁心焉嚮往。可惜，在螢光幕上歌劇院的外觀根本看不到，內部舞臺和座位的鏡頭亦只是驚鴻一瞥，令人惆悵不已。

我是個「美藝」（Fine Arts）的崇拜者。「世界百科全書」對「美藝」的詮釋是這樣的：廣義來說：「美藝」包括了音樂、文學、歌劇、芭蕾舞、繪畫、雕塑、建築和裝潢藝術，而可以使人獲得美感的。剛好，米歌劇院行將演出的三種藝術——歌劇、芭蕾舞和交響樂都包括在「美藝」之內，這正是使我神往的原因。

對於藝術的欣賞，我從少年時代開始便執著的趨向唯美主義。長大後，既不愛穿華服，也不講究美食，但是對居室務必求雅。室中壁畫、花朵、綠色植物和各種小擺設的裝飾絕不可無，而家具色彩的調配也從來不含糊。因為我覺得視覺的享受比口腹之慾更重要。

視覺既然唯美，聽覺當然也不能虐待；於是，音樂便成為我多年的好友。很巧，在音樂的園地中，歌劇和交響樂兩門，我對它們也是情有獨鍾。歌劇融音樂與戲劇於一爐，是一種很高深的藝術。比較起來，我偏愛義大利歌劇，因為它的旋律較美。尤其是男高音獨唱的詠嘆調，歌聲清越如金石，真是盪氣迴腸。

交響樂的氣勢澎湃，猶如萬馬奔騰，弱聲時又可以細如游絲；只這一點，便非其他音樂形式所能及。在交響樂的各種樂器中，我最愛聽管樂，法國號的蒼涼，長笛的婉轉，都令我入迷。而定音鼓齊鳴時，也會使我興奮得血脈賁張。

假如說歌劇是音樂和戲劇的結合，那麼，芭蕾舞便是音樂和舞蹈的結合了。芭蕾舞的配樂旋律特別優美，芭蕾舞的舞姿又是那麼妙曼輕盈，臺上的舞娘遠望個個美如仙子。觀賞一場芭蕾舞，真可說賞心悅目，極盡耳目之娛。怪不得每次有國外的末流芭蕾舞團前來表演，國父紀念館內都是座無虛設。

除了歌劇、交響樂和芭蕾舞外，「美藝」中的文學、繪畫、雕塑、建設和裝潢藝術，我無一不喜，樣樣都有興趣。外國有許多大學設有「Fine Arts」一系，假使我現在還是一個青年學生，我將會毫不猶豫的去選讀這一系，讓自己可以真正的進入美的殿堂。可惜，時不我予，如今我只能夠從唱片中聽聽音樂，從書本和電影中獵取「美藝」的知識了。

「Fine Arts」一詞，英漢字典都翻譯為「美術」。但是，我們通稱的「美術」都指繪畫，為恐混淆，所以我在這裡擅譯為「美藝」，不知道合適不合適？

我的丹青夢

多少年來，文學、音樂和美術，已變成我藝術生命中不可或缺的事物，不可須臾離的好友。雖則，文學創作我仍在摸索；音樂和美術我只是一個欣賞者和愛好者；然而，它們所給予我的歡樂，卻是無法形容的。

文學創作摸索了多年，仍然找不出自己的路子，那只能怨自己無才。音樂，由於童年失去學習的機會，而又沒有天賦的好嗓子，也只好認命，做聽眾到底算了。但是，對於美術，我一直有著躍躍欲試的心。

在小學的時候，我對上美術課就很有興趣。我畫的水彩畫和圖案畫，經常被老師掛在教室裡作為示範。

後來，父親見我好畫，就買了一本芥子園畫譜給我。於是，我又拿起毛筆學起國畫來。大約在二十出頭的時候，憑著我僅僅會畫幾筆竹葉、松樹和梅花，我竟然膽敢跟一些真正的畫家合作，在他們畫了好些花鳥之後，我最後補上幾朵梅花。初生之犢固然勇敢，現在想起卻覺得汗顏。

在高中的時候，班上流行畫電影明星的像。那時，大家最崇拜費雯麗，我畫了一幅費雯麗在「亂世佳人」中的劇照，用的是粉蠟筆，畫出來的她粉臉含春，非常美麗。因此，我變成了班上的大畫家，同學們紛紛拿她們喜愛的明星的肖像給我，要我照著畫，使得我應接不暇。可惜，我這一手技藝後來變生疏了！否則，開一間碳畫店，專門作人像放大的生意。雖不一定發大財，但也不至於半輩子做白領階級吧？

做了母親之後，曾經把嬰兒的憨態速寫過，也曾經對鏡為自己畫像，「雅興」似乎未減。然而，日復一日、年復一年家中的柴米油鹽以及辦公廳的刻板生涯，是會逐漸把一個人的壯志豪情消磨淨盡的。轉瞬間，我發現自己竟已有三十年沒有碰過畫筆，我連畫一隻小貓都畫不好。

我一直盼望在退休之後能夠去學畫。半年前，由於一個偶然的機會，使我得以提早擺脫了上班下班的生活。心想，今後可以得償素願了吧？可是，也不知哪裡來的那麼多煩人的瑣務，我一直騰不出時間來。

受我影響，也很喜歡繪畫的兒子知道了我心事，送給我一本畫紙和一枝炭筆，叫我隨意速寫。我找出一張自己比較滿意的照片，想依樣葫蘆一番；不幸，多年荒廢的結果，我畫得面目全非，大大失敗。

心灰意懶之餘，偶然看到報上一篇翻譯的「邱吉爾論畫」，發現邱翁是在四十歲以後才動手作畫的。他說：「大膽的開始是繪畫藝術一個很重要的部分，」他又說：「若是有了一個畫箱，你就不會感到生活厭倦或無聊，你會常常帶著讚美的心，而且覺得時間太少。」

邱翁的話使我感到慚愧，我是個多麼優柔寡斷而沒有恆心與毅力的人呀！想學畫，為什麼不立刻去做？

音樂會、花展及其他

專家們常常勸人要多多去聽聽音樂會、參觀畫展、書法展、攝影展、花展等等的，以提高自己的藝術修養、培養美的情操、充實精神生活。

不幸，喜愛藝術的人不是沒有，而大部分人士都是心有餘而力不足，抽不出時間是最大的原因。譬如說聽音樂會吧，既要事先去買票，然後又要衣冠楚楚，路遠迢迢地去坐在大庭廣眾之中正襟危坐地聽兩個鐘頭。假使節目十分滿意，水準又夠的話，這當然值得。要是節目並不完全符合自己理想，演奏（唱）者又不是第一流，那倒不如舒舒服服、自由自在地在家裡廳聽唱片算了。還好，也許因為國內的音樂會並不多，而一般愛樂者很少像我這樣懶惰，所以經常客滿。不過，觀眾之中，除了音樂界人士以及少數愛樂者之外，其餘全是學生。我想：這個現象就跟電視機再普遍，而電影院依然站得住，而觀眾仍以學生為多一樣吧？

我就是這樣的一個人：喜愛音樂、美術而不常去聽音樂會或參觀畫展，沒有時間是主要原因，找不到同伴也是原因之一，而恐怕內容不合意和不夠水準又是原因之一。原因這麼多，使得我無法附庸風雅而常常做俗人。

我也是個愛花者。可是，隔一個星期展出一次的假日花展，居然一次也不曾參觀過。倒是從前在士林舉行的蘭展和玫瑰展曾經參觀過幾次。最近，發了個狠，在民眾活動中心看了一次花展。規模之小，以及商業氣氛之濃，令我十分失望。可是，參觀者的踴躍，又使我感到欣慰：這個社會上有著高尚情操的人還是很多，到處都是愛花的人啊！

參觀畫展和書法展等，必須多少有點藝術細胞。但是，愛花的人卻是沒有年齡、性別、學歷和社會地位之分：一位不識字的鄉下老太太可以愛花；一位滿腦子都裝滿了方程式的超博士也可以愛花。那天，我看見場內既有老公公老婆婆，有公教人員、家庭主婦，又有對一切事物都感到有興趣的小學生，每個人對著一盆盆盡態極妍的花卉細心欣賞，流連忘返。同好如此之多，真令我開心不已。

參觀各種展覽，無一而非雅事，唯有一種俗不可耐的，那就是每年春節前後舉行的「商展」。商品本來並不一定就俗，可怕的是那些商展會場的簡陋、商品的粗劣、氣氛的低級，因此變成了一種最俗的展覽，而參觀者自然也以歐巴桑之流居多。

我這個俗人，為了想看看有什麼在市面上買不到的新產品，也為了想撿些便宜貨，倒是每年都會去參觀一次，可惜，每次也都令我大為失望，只好自嘆「枉作俗人」了。

我看插花

也許是我這個人太古板，太頑固了吧，一向，我只崇尚自然之美。無論是山水，是人物，若是添加了人工，我就會覺得俗不可耐，毫無美感。所以，我不喜歡那些點綴著亭臺樓閣的名勝風景，因為那些地方太過人工化，失去了野趣。同樣的，我也不喜歡戴假髮、裝假睫毛、戴義乳、塗脂抹粉、珠光寶氣的「人工美女」，因為她們完全抹煞了本來面目。

對於插花，我一向不太熱中，也是基於同一的道理。

日前，偶過新公園，看見博物館內舉行插花及春季盆栽展覽。花，我是極其喜愛的，既然有花可看，就無可無不可的走進去參觀。

喝！不是假日，參觀的人倒不少哪！絕大多數是女流之輩，尤以歐巴桑們為多。當然，因為花道來自日本。可惜得很，我這個愛花而對插花完全外行的人，一進會場便感到失望和倒胃口。這裡面的幾十盆插花，全都是矯揉造作，違反自然的作品，今我有不忍卒睹之感。

在那幾十盆大型插花中，有的把金色、銀色的油漆塗在枝葉上；有些把蔓藤彎曲成各種奇形怪狀或一團團；有的把毫無生氣的塑膠葉子和鮮花插在一起；有的把無數染色的小球堆在花器上；有的以體型巨大、形狀古怪的花器吸引人；有的利用照明，以求別出心裁取勝。我不管這是什麼流派的插花，這樣的做法，到底是要表現花的美還是要表現插花人的現代感呢？

由於沒有一盆插花能夠吸引我，我在人叢中逛了一圈就出來了，前後不到兩分鐘，真是名符其實的走馬看花。

在另外一間陳列室裡，展出的是春季盆栽。雖然種類寥寥無幾，但是看來清新悅目多了。近年我似有愛樹勝於愛花的趨勢，在一盆盆吐艷的春花中，我偏偏看上那幾盆小小的楓樹。細細的枝椏，細細的葉子，卻是自有一種出塵絕俗之姿。

插花，最俗氣的是採用太多的花材。我雖然沒有學過插花，但卻懂得欣賞。有時，一小截帶葉的竹子，配一枝野櫻，也可插出很清雅的一盆花。要不然，一小把雛菊插在一隻黑色瓷杯裡，也會有意想不到的效果。

我國的插花以清雅取勝，西洋的插花則以濃艷見長。他們往往用很多的花，一大把插在寬口的花瓶裡，花朵向四面散開成半球形。這樣，從每一個角度看去都一樣好看，不像東洋的插花只能作正面觀。

無論哪一種插花，順乎自然則美。違反自然的只是戕賊其真而已。

盆花的巡禮

雖然從小就愛花成癖，但是，我這個生長在大都市中的人卻是大半輩子都住在樓上，從來不曾擁有過一片泥土，可以盡情享受莳花之樂，說起來真是可憐。

記得在初中一年級那個暑假，我忽然「雅興」大發，不但整天捧著一本「唐詩三百首」、一本「白香詞譜」吟哦不休，而且還向同學要來花種，在曬臺上種了一盆茉莉花和一盆蝴蝶花。我朝夕殷勤澆水，兩盆花都長得很茂盛，這使得我滿懷喜悅，有生以來第一次享受到一種創造的樂趣。不幸，好景不常，不到一年的光景，我們便因戰禍而避難他鄉，我初次手植的盆花，從此就永訣。

以後，或者是由於生活不安定，或者由於住處沒有陽臺，我與花卉竟然有多年無法親近。大約是在十年前我才又恢復在陽臺上種花，也不知道是自己對園藝常識的缺乏，還是為了別的原因，我種的花卉總是不如別人的，不是不開花，便是葉子遭受病蟲害。陽臺欄干上雖然擺滿了盆花，可是看來雜亂無章、毫無美感，使得我興致索然、意興闌珊。

去年我搬了家，陽臺比較大，而我也比較空閑，因而得以多花一些時間在盆花上。一年有成，現在，在我家陽臺的欄干上，羅列著三十幾盆花，雖然都只是極平凡的植物而不是甚麼奇花異草，由於它們現在都長得非常茂密葱籠，即使不開花，也自有一種欣欣向榮之美。有時，我坐在客廳裡，透過玻璃門望出去，向一盆盆的花卉作一番巡禮，也會感到微微的滿足。我沒有花園，但是三十幾盆盆花也能夠給予我以美感，這不就夠了嗎？

在三十幾盆花卉中，有兩盆是紫籐，我把它們分別放在欄干的兩端，它們的細枝都懸垂在欄干外面，迎風搖曳，非常好看。它的樹枝上有刺，也多少有點防盜之功。

一盆蔦蘿，是所有盆花中最特出的。由於它的生長太快，一根三尺的竹子已不夠它盤旋，我又在竹子上面紮了一把作廢的傘骨。現在，不但碧綠的葉子和蔓藤已爬滿了傘骨，而且還開了很多紅色的星狀小花。遠看，就像是一把綠底紅花綠柄的陽傘插在花盆上。「亭亭如華蓋」，簡直是為它而詠。蔦蘿真可說是最容易生長的植物，好像才下種，它馬上便抽芽。一抽芽就拼命往上爬，甚至幾乎可以看得出它在一分一秒的長高，正是閩南語哄嬰兒入睡那首歌中所說的「一暝大一寸」，看得種花的人好不開心！

另外一盆跟蔦蘿一起比賽長高的植物，我說不出它的名字。我向花販買它的時候，問他這是甚麼花，他用日語告訴我。我說我聽不懂日語，他說他不知道這種花用閩南語或國語該怎麼說。無奈何，就叫它無名花吧！剛買回來時，它的頂端開了一朵紫色的花，木本的細莖一枝獨秀，沒有旁枝，尖尖的葉子四片對生。不久，花謝了，從此沒有再開過；然而，主枝卻越長越高，莖端還長出蔓藤來。現在，它已有四五尺高，我用一根竹子把它固定著，它不是攀援植物，但是由於太高之故，靠近尖端一尺左右的地方往下懸垂著，搖曳生姿，非常好看。

幾盆常年開花不絕的是玫瑰。有紅色的，有粉紅色的，也有白色的，使我的陽臺生色不少。想不到這種花這樣容易生長，經常的修剪、插枝，從小盆移到大盆，從大盆又剪下來插到小盆裡，生生不絕，於是，我的陽臺上遂有常年不謝之花。

幾盆吊蘭，也是一樣。原來我從妹妹家裡分了一叢回來，種在盆裡，沒有多久，它便生出第二代，垂在盆外。我把它的第二代又種在一個盆裡，第三代不久就長出來。就這樣，我的吊蘭已不知分了多少盆，長到多少代。這雖然是一種很卑微的植物，我覺得它也另有動人心處。尤其是在開了小白花的時候，嫩綠細長的葉子，襯托著朵朵雪白的小花，真是雅麗得令人憐愛。

幾盆一品紅，粗枝大葉，我對它們沒有甚麼好感。不過，它們準時開花，在隆冬中給人們帶來溫暖而熱鬧的紅色花朵，也並非一無可取。

一盆報歲蘭，已有十年以上的壽命，生命力極強，葉子越長越茂盛。種了多年不開花，到了去年農曆年前，卻開出了四朵淡黃色花瓣和褐色花萼的花來。它們並不算很美麗，但是花期頗長，而且是的的確確地為你報歲呀！

那盆杜鵑，是從陽明山上帶下來的。花比普通的小而較美麗，淡淡的粉紅色，有點嬌滴滴的模樣。可惜花期太短，春天時，它只開了一個禮拜左右，當別的杜鵑花還漫山遍野開得如火如荼時，它就悄悄地凋謝了。

一盆珊瑚籐、一盆曇花、一盆石蓮、一盆萬年青、一盆變色辣椒、幾盆叫不出名字的；加上幾個迷你花盆中種著的迷你植物，室內的一盆巴西鐵樹和三盆仙人掌，這就構成了我心目中的小小「花園」。我常常說我自己是個很容易滿足的人，「弱水三千，我只取一瓢飲」，有一個陽臺可以種種盆栽，有三十幾盆花木可供我游目騁懷，這不就夠了麼？

馬勒的音樂

午後人靜，我又獨自在客廳裡欣賞馬勒（Mahler）的音樂。

馬勒是我近年才接觸到的近代音樂家。他的作品比較艱深，對古典音樂一直停留在欣賞階段的我，似乎還不能接受馬勒的音樂；但是，他的升C小調第五號交響樂第四樂章，卻是我喜愛的樂章之一。

現在，我欣賞的就是馬勒的這一個樂章，這是抒情的稍慢板，旋律柔和優美極了。前幾年，義大利名導演維斯康提導演托馬斯‧曼的小說「威尼斯之死」，據說，片子一開始就以馬勒的第五號交響樂第四樂章作為配樂。一共有五分鐘之久，沒有對白，也沒有任何音響，只有弦樂和豎琴的美妙音符襯托著逐漸接近的威尼斯景色。多美的電影呀！德國人的小說、德國人的音樂、義大利的導演、義大利的背景，真是最理想的集體創作。有唯美大師之稱的維斯康提的電影我是極為嚮往的；可惜，好像聽說此間禁演。為甚麼呢？只為了片中男主角老音樂家有同性戀的傾向嗎？

馬勒生於一八六〇年，死於一九一一年。在他那個時代，他是個很偉大的作曲家和指揮家。他一共寫了十首交響曲，但是第十首沒有完成就去世了。他最著名的作品就是「大地之歌」，是根據我國唐代詩人李白、孟浩然和王維等人的詩編成歌曲形式，再配以管弦樂。雖然由人聲唱出，但是管弦樂仍佔了很重要地位，所以還算是一首交響曲。

當然，馬勒並不懂得中文，他只是根據德譯的唐詩去譜曲。至於那些德譯的唐詩又是不是根據英譯譯出的？與原詩有多少出入，那就有待懂得德文的學者去考據了。

我手中的唱片是翻版的，唱片後面有中文翻譯的「歌詞」，絕大部分都是依照原版的英（德）文譯成的白話，已很難找出原來到底是哪一首唐詩了。

不過，無論如何，馬勒這樣熱愛中國文化，還是令人感動的。據說，東方人的達觀與出世的思想，深深打動了馬勒的心，於是，他寫成了這首以六首歌曲結合而成，長達一小時的、以人聲為主的「大地之歌」。

馬勒為李白等人的詩所感動，正如我們時常也會為一些異國的、不同時代的文學作品或藝術作品所感動一樣。人心都是肉做的。因此，雖則「蕭條異代不同時」；雖則彼此的生活環境、文化背景也各異；然而，人類的心靈卻會互相呼應。

「大地之歌」最後一首是採用王維的「送別」：「下馬飲君酒，問君何所之。君言不得意，歸臥南山陲。但去莫復問，白雲無盡時。」正道出了他向塵世訣別、憧憬來生之情。馬勒的思想，可說深深受了唐詩的影響。

一種遊戲

雖然我是那麼愛好音樂；但是，說來慚愧，除了早年還沒有音響設備，只須一扭收音機就有音樂可聽外，我幾乎從來不曾動過手去放唱片，只享現成福——兒子放唱片，我聽。

兒子對音樂的狂熱比我有過之而無不及。我只聽古典音樂，他卻是古典與熱門兼蓄並牧。在這方面，我顯得沒有度量多了。他放熱門音樂時，除了少數比較抒情的、旋律優美的，或者和聲非常和諧的重唱我還欣賞外；要是遇到怪聲怪叫、喧嘩吵鬧的，我總是忍不住拋過去一句：「難聽死了！」兒子從來不跟我爭辯，因為他知道我頂多也只說這麼一句而已，而且也不會禁止他聽。我絕對不敢甘冒製造代溝的大不韙，他心裡明白得很。

遇到他放古典音樂而又是我喜愛的，要是我記得作曲者和曲名，我也會忍不住說一句：「太棒了！」以表示我心中的喜悅。要是一時忘記了那首是甚麼音樂，我就一定要問一聲：「是甚麼？」這時，兒子便要買關子了。「猜猜看！」他說。於是，母子二人便開始從事猜謎遊戲起來。

作曲者往往被我很快猜中。巴哈、莫札特、貝多芬、布拉姆斯、華格納、蕭邦、柴可夫斯基、理察史特勞斯、德伏札克、德布西……各有各的風格，我大概很少失誤。有標題的音樂也比較容易記住；沒有標題的，作品第幾號，甚麼調第幾號奏鳴曲，我的天！我真是懶得去記。

有時，也許因為那首樂曲比較陌生，也許很久沒有聽到，我竟連作曲的音樂家也猜不出，就要求他給我一點暗示，作者是哪一國人。知道了國籍，就好猜得多。猜到了作曲者，也就十不離八九了。

由於我一向喜歡猜謎，所以我覺得這種遊戲很好玩，因而樂而不疲。其實，假使我不想猜，我只要拿起唱片的封套看看就行，又何必傷腦筋呢？然而，樂趣就在「猜」的上面。偶然，也有猜來猜去猜不著的，他就叫我聽五分鐘或十分鐘再說。時間到了，我所熟悉的旋律出來了，「哦！原來是這一首！」懸疑，這也是一種樂趣！

在成人的生活中加添一些遊戲，可以使人忘憂、不知老之將至。不但家人父子之間可以玩遊戲，朋友之間也可以玩。但是，有一種不能玩的，那就是愛情遊戲，那會惹火焚身的。

我最討厭的一種遊戲就是：拿起電話筒，對方不肯說出自己是誰，一個勁兒叫人猜。誰耐煩去做這種「辨聲遊戲」？那簡直是無聊透頂而又費時失事。

狂的音樂

外二章

自從兒子出國以後，我好久都沒有聽唱片了，他在家裡的時候，天天都要放一兩次唱片，我樂得聽現成的，從來不動手。現在，沒有人替我放唱片，就只好不聽。

有一個寂靜的下午，只剩下我一個人在家，忽然想聽音樂想得要命，而且想聽那些千軍萬馬般動搖山岳的那一種，很自然地我就想到了理查・史特勞斯的「查拉圖斯特拉如是說」。幾乎從來不曾自己去找唱片的我，向唱片櫃中放管弦樂的那一格按著字母次序順手一抽，果然就是理查・史特勞斯的「查拉圖斯特拉如是說」。當時的高興，真是不下於中了愛國獎券第一特獎。

我把唱片放在電唱機上，唱盤一開始轉動，我就用近乎虔誠的心情去諦聽。啊！暴風雨似的急管繁弦、雷聲般的定音鼓，一個個有力的音符都敲在我的心靈上，使得我的血脈都為之賁張起來。理查・史特勞斯用他那具有震撼力的音樂，描繪出代表狂得可愛的尼采的心聲——查拉圖斯特拉的話：「偉大的星球，如果沒有你所照耀的人，你的快樂何在呢？」查拉圖斯特拉以太陽自喻，他是個狂人，而創造出查拉圖斯特拉的尼采也是個狂人；因此，我也把理查・史特勞斯的這首管弦樂稱為狂的音樂。

聽聽狂的音樂，是有振奮精神的作用的。那一整個下午，我都感到意興飛揚。

花兒都是向陽開

走過人家院子的圍牆外、窗前或陽臺下時，我總喜歡抬頭欣賞一下那些出牆的花朵以及窗口或陽臺上的盆栽。也不知道是不是因為客觀的關係，我老是覺得別人所種的花木長得比我自己家裡的鮮妍得多。看：人家牆頭纓絡繽紛的紫籐花；那棟小樓上窗口那盆濃艷的紅玫瑰；還有那個陽臺上開得如火如荼的珊瑚海棠。它們都在向著行人盈盈含笑，而我家陽臺上的花卉卻好像老是開得不夠燦爛。

直至有一天，我從外面回家，偶然抬頭望向自己的陽臺。只見開著白色小花的吊蘭在迎風搖曳；粉紅色的薔薇在陽光下嬝娜生姿；萬年青的蔓籐像一條條綠色的絲帶懸垂在欄干外。誰說我家的盆栽比不上別人？只因為花兒都是向陽開，行人才有福氣欣賞到它最美的一面，做主人的就永遠只能看到它的「背影」罷了。這樣說來，在陽臺或窗前種花，也必須具有無私的精神才行；要不然，就是當局者迷吧？

金黃色的窗簾

有一年的冬天，我到香港去住在妹妹家裡，那一陣子，天氣很不好，每天都是又陰又冷的；但是，每天早上，我醒過來望向窗口，都以為是晴天，因為窗簾上有一層淡淡的黃光。原來，妹妹家裡的窗簾都是金黃色的，即使是在陰雨天，透過曙光的照射，便顯出微微的亮光，看起來外面像是晴天，因而也使得我每天醒過來都懷抱著希望而感到很愉快。

想不到，一幅金黃色的窗簾也可以給人以希望。我不明白為甚麼有些人喜歡用紅色或綠色厚厚的天鵝絨做窗簾，遮住了外面天然的光線？

兼收並蓄之樂

從前的我，對文學和藝術都抱著一種擇善固執的偏激心理。譬如文學，只喜歡傳統的作品而不欣賞現代手法；譬如美術，只愛好印象派的圖畫而對其他派系毫無興趣；譬如音樂，只喜愛古典派和浪漫派的樂曲而對熱門音樂不屑一顧。但是，從近年開始，也不知是否受了潮流的影響，還是自己的心胸突然變得廣闊了；忽然間，觀念完全改變過來，對傳統的和現代的文學和藝術作品都能兼收並蓄，一視同仁。有了這種改變之後，彷彿自己面前的一扇門開大了，可以看到了外界廣大的天地。

現代詩、現代小說、新潮電影之所以不為人所接受，最主要的原因是它們的表現方式太過晦澀，使人不懂。但是，多看幾次以後，我承認它們另外有一種風格和韻味，它們的新、奇、客觀與冷靜，也許就是所謂的現代感吧？有甚麼理由不喜歡它們呢？

傳統的芭蕾舞，一向是我所心醉的。這種把音樂和舞蹈結合得如此完善無疵的藝術，可說是美的極致。不過，利用身體和四肢的種種動作，藉著跳躍、扭動、旋轉等姿態來表達內心感情的現代舞，又何嘗不是力與美的最高表現？

以前，因為自己看不懂現代畫，就認為那是「隨便把顏料潑在紙上」或「簡直是小孩子的塗鴉」。看多了，漸漸的，居然也看出味道來。不要以為抽象畫都是隨便亂塗的，到不了那個境界，還塗不出來哩！最簡單的構圖也有它的章法，不能亂來的。有時，一幅黑底中間嵌著一個紅日的裝飾畫，要是跟室中其他佈置調配得好，也是非常出色的。畢卡索晚年的畫也不容易懂；可是，何必一定要懂呢？欣賞欣賞老畫家的童心不好嗎？

熱門音樂，尤其是搖滾樂之所以不受成年人喜愛，無非是由於它們的吵鬧。近年來，繼披頭四之後，歐美各國興起了好些類似中古遊吟詩人的青年音樂家，他們會作曲、會彈、會唱，雖然也屬於熱門音樂，然而旋律優美、詞意抒情，他們抱著吉他自彈自唱，歌聲傳到東方來，不但大中學生趨之若鶩，連我這個中年人也愛好起來了。還有鄉村音樂和民謠，這些平民化的音樂，原來也都這麼悅耳；過去，我為什要摒棄它們，只知欣賞廟堂中的古典音樂呢？

自從把眼光放寬，把古典的與現代的文學、藝術一律兼收並蓄以後，我的世界似乎美好得多了。我看到了很多從前不曾看到的新事物，我心靈中的花園長滿了四時不謝的奇花異卉，觀之不絕。我現在是如此的享有左擁右抱之樂，不禁後悔這種改變來得太遲。

文人筆下的烏托邦

他們像見童一般嬉笑玩樂，他們在美麗的樹林中優遊。他們靠著樹上的果實、林中採來的蜜以及喜愛他們的動物的乳汁以維生。他們喜歡看到新生的嬰兒，認為他是分享他們幸福的新夥伴。……他們之間幾乎沒有疾病，雖然有死亡，但是老年人都是平平安安地去世，就像睡著了一樣。……

以上這一段，是俄國作家杜斯妥也夫斯基晚年的作品「狂人之夢」中的一段。杜氏是我所喜愛的作家之一，他對人性的分析，剔透而精闢，就像一把解剖刀一樣。他寫這篇短篇小說的時候，思想已經成熟，見解也更卓越。在他筆下的理想王國，有生有老有死而無疾病，他們採食天然食物，不須辛勤工作，彼此和樂相處，就像個大家庭。這種生活，不就像葛天氏之民嗎？多令人神往呀！

文人學者理想中的王國，最早的是柏拉圖所著的「共和國」（約在公元前三七五年），再來就是聖托馬斯・摩爾的「烏托邦」了。在摩爾的筆下，那個烏托邦島中的人民個個平等、富庶、受過教育而聰明。他的構想雖然和三百多年以後杜斯妥也夫斯基小說中那個美麗的海島不一樣；但是，那種境界，也是同樣令人嚮往的。

摩爾的「烏托邦」是由一個葡萄牙水手發現的，那不是跟陶潛的「桃花源記」不謀而合嗎？發現桃花源的是一個也在水上討生活的漁人呀！「土地平曠，屋舍儼然，有良田、美池、桑、竹之屬，阡陌交通、雞犬相聞。……不知有漢，無論魏晉。……」而這種「日出而作、日入而息，鑿井而飲，耕田而食，帝力於我何有哉？」式的生活，與杜氏理想中的王國，亦復有幾分相似。

古今中外的文人學者都是愛好自由的，所以他們理想中的王國都強調了自由自在、無拘無束的生活的可貴。在這幾個理想王國中，我覺得還是杜斯妥也夫斯基的最可愛。不是我好逸惡勞；但是，如果天然的果實可以採之不盡，又有花蜜、獸乳可以飲，不須工作便可解決吃的問題，整天可以唱歌遊玩，這豈不是等於天堂一樣？杜氏的理想，又豈不是高人一等？

對我而言，只要這個社會是自由、平等、博愛，耕者有其田，住者有其屋，大家豐衣足食，沒有戰爭，沒有天災人禍，那便是我理想中的樂土。

寫到這裡，忽然想起了我們的「禮運大同篇」：「……使老有所終，壯有所用，幼有所長；矜寡孤獨廢疾者皆有所養。男有分，女有歸。……盜竊亂賊而不作，外戶而不閉，是謂大同。」孔子生於公元前五百多年，這大同的思想，該是世界上最早的理想國了吧？

近乎聖哲的早年梵谷

看電影「梵谷傳」，為飾演文生・梵谷的寇克・道格拉斯卓越的演技而著迷，那是十幾年前的事了。道格拉斯那雙炯炯的眼睛、堅強而凸出的下巴，簡直是演活了熱情如火的梵谷。而給我印象最深的鏡頭，像幾個人在室內打彈子，像金黃色的秋收田野，本來是活的真景，下一個鏡頭就變成了梵谷的名畫。十多年來，還活鮮鮮地如在眼前，這樣一部有深度的好片，為甚麼不重映呢？

最近，我又迷上了那部厚厚的「梵谷傳」。忙碌如我，本來是沒有資格看這種洋洋數十萬言的巨著的，但是，要是這本書對了我的胃口，我也會廢寢忘餐的去閱讀。

說來奇怪，這次閱讀「梵谷傳」，梵谷對藝術的執著與忘我，以及生命的坎坷，固然令我感動；然而，最震撼我的心靈的，卻是他早年在礦區的一段生活。

二十一歲的梵谷覺得自己不適宜於接受傳統的教育，就去跟牧師學習福音佈道，後來被派到比利時南部一個礦區做非正式的傳教士。礦區裡的工人生活很苦，每天都要到煤洞中工作很長的時間，既危險又辛苦；但是他們所得低微的工資卻不足以養家活口，他們和他們的妻子兒女長年都得挨餓、受凍和忍受疾病的侵襲。

年輕的梵谷天生具有菩薩心腸，他為貧苦的工人傳道，使他們不至忘記了上帝。但是，他不能忍受他們挨餓受凍而自己吃得飽穿得暖。於是，他不但把自己微薄的薪水全部用來買食物和藥品給病人，他甚至把自己的床和衣服通通送給需要的人。他睡在潮濕的地面，沒有煤塊生爐子，只靠咖啡維持體力。他過著和工人一樣困厄的生活，覺得這樣才對得起自己的良心，也才有資格替上帝傳播福音。

然而？教會卻認為他這樣做是離經叛道，是坍教會的臺，把他當作瘋子和異教徒而免了他的職務。

傳統的觀念和一個青年新銳的理想距離有多遠呀！梵谷抱著我不入地獄誰入地獄的精神和礦工打成一片，而他們也尊敬他愛護他。他這種近乎聖哲的行為，原是可以成為一位偉大的宗教家的，誰知竟不見容於教會，大概這是命吧？要是梵谷的福音傳教工作一直可以做下去，他可能就不會從事繪畫，那麼，在藝苑中，就少了一位印象派的大師了。這到底是基督教的損失還是藝術界的收穫呢？

世界上的慈善家都是在錦衣玉食之餘才想到去救濟不幸的人的，像梵谷那樣放棄了自己的享受，摩頂放踵以為他人，甘心與窮苦的會眾過著同樣的生活，自古以來恐怕找不到幾個人吧？以他這種燃燒似的性格，即使當不成傳教士，也註定是要以身殉道的。

最佳的聖地遊記

我雖然不是基督徒，但是我出身於基督教教會的學校，我讀過舊約和新約，也唱過聖詩，做過禮拜，對許多聖經中的地名像耶路撒冷、伯利恆、約旦河、加利利海、橄欖山等等，都毫不陌生。最近，有機會拜讀到殷穎牧師的新著「耶穌的腳印」，更是在欽佩之餘，對這本書多了一份親切感。因為作者在這本印刷精美、文圖並茂的著作中，就是以他清麗流暢的文筆，詳細地介紹了耶穌的故鄉以色列的名勝古蹟，那些曾經在聖經中出現過的地名，也都一一在本書的文字及圖片中出現。

很顯然地，這並不是一次逍遙的觀光之旅。作者在前言中說，他此次中東之行是應泛美信義會之邀，參加他們主辦的「聖地研習班」，考察聖經中的史地背景，考古的成分居多，工作相當艱苦，要集中精神去記憶考古學上的名詞和年代以及學習認識聖地的石頭、瓦片和泥土。在酷熱的中東礦野與沙漠中，每天都要揹著全副裝備在烈日下奔走數小時。……

我以為這種辛勞是值得的，正因為如此，所以殷牧師才能夠踏著耶穌當年的每一個腳步，體會到耶穌當年傳道及殉道的心情，寫出了如此深刻動人的以色列之行的遊記。

殷穎先生原來就是一位傑出的散文家，他的一本散文集「歸回田園」，早已顯示出他清新的格調；而這本「耶穌的腳印」也依然保持著他的這種風格。在本書最末一章，他描寫他和研習班的其他同學到耶路撒冷對面的山上沉思，他這樣寫著：「在山上半日，我們除了讀經、唱詩、祈禱外，只有默想。眼前的耶路撒冷全景，正是兩千年前主受難的地方。而松林間風聲颯颯，針葉不時落在衣襟上，間或有牧童趕著羊由林間經過，偶爾也有一兩聲鳥啼，伴著我們幾顆被痛苦啃蝕的心靈。」讀完了這段優美的文字，我彷彿覺得自己也和書中人一起坐在聖城的山上，分享了他們悼念耶穌當年受難的痛苦心情。

本書一共有十四章，頁數將近三百，其中，彩色攝影的插圖就不下數十幅之多，琳瑯滿目，美不勝收。這些照片全都是上乘的藝術之作，而且是作者親自拍攝的，這本書真可以說得上是作者的文才與攝影技巧的結晶品了。從那數十幅彩色照片中，我們不但得以飽覽以色列的各地風光，更可以看得出這個古老的猶太國，的確很能保存他們的傳統文化，二十世紀的文明在這裡似乎根本看不到蹤影，這也是相當難能可貴的。

這樣一本詳盡而生動的聖地遊記，基督徒讀了，等於在紙上作了一番朝聖之旅；非基督徒讀了，也等於臥遊了一次以色列。

居安思危——索忍尼辛「集中營的一天」讀後感

索可夫十分滿意地睡去。他在這酷寒的一日生活中有許多很順利的幸運事：他們沒有把他關在禁閉室裡；午餐時他吃到了雙份，晚餐時又享受到菜湯；在工作時沒有受凍；歸營時沒有被搜出那根鋸條；……

這一日，天上沒有陰霾，地上沒有泥沼。在他今日以前的許多挨過的日子裡，這應該算是比較幸福的一日。

上面是反共作家索忍尼辛的小說「集中營的一天」最後兩段的大略。描寫集中營生活或者被奴役的痛苦的小說我看得多了；然而，我從來不曾看過一篇像他這樣客觀，這樣毫不怨尤的寫法。全書沒有一句咒罵共產政權的話，而卻使讀者對集中營內對囚犯慘無人道的待遇了然於胸中，索忍尼辛真不愧是一位高手。

索可夫是一個被關在冰天雪地（可能是西伯利亞，書中沒有提到）中的蘇俄集中營內已經十年的老囚犯，可能他知道自己已經沒有放出去的可能，要不然就是因為關得太久而感情變得麻木。現在，他做人唯一的意義就是生存下去，使這一天活得比較舒服一點。這樣的一個人，也就更加令人同情。

在零下的溫度裡，在吃不飽、穿不暖、沒有醫藥，還要做苦工，大家都喪失了人的尊嚴的環境中，甚麼算是舒服呢？偶然有一盤熱湯；有一件破大衣壓在被子上；不要生大病；做工時不要捱衛兵打；晚上上了床不必再起來接受點名，那就是天大的幸運了。這樣低的生活要求，讀來真令人鼻酸。

索忍尼辛冷靜地、平實地、有時甚至幽默地細細描寫集中營囚犯們一天中的生活。為了生存，囚犯們不得不施用各種詭計，希望多得一些食物，減少受凍的機會。有人希望收到外面寄來的包裹，他就必須賄賂警衛、班長、文教組以及包裹房的人，收到以後，往往已經所剩無幾。不過，對這些關在集中營中的囚犯而言，就算是收到幾根香煙，那也是天大的喜事了。索忍尼辛又技巧地從側面表現出集中營管理階級的貪婪，以襯托出囚犯的不自由與被迫害。

在豐衣足食的生活中讀到這一類描寫非人生活的文章，會使人有一種居安思危的警惕。日本軍閥、納粹政權、共產黨都是世界現代史中的屠殺集團，我們不幸身受日本軍閥和中國共產黨之害，令人髮指的慘痛經驗不知凡幾，為甚麼這一類的文學作品卻少之又少呢？我們多麼需要多多出現像索忍尼辛「集中營的一天」這類的小說來作為暮鼓晨鐘，以激動民心士氣，加強我們對共產匪徒的認識，尤其是在國步艱難的今日。

一本美麗的書

書，除了可以閱讀之外，還兼具了裝飾的作用。在客廳之中，假使有一架圖書作為點綴，即可增加不少書卷氣。怪不得有些從來不讀書的「藏書家」，專門買一些印刷精美的書往書櫥裡放。這種行為，雖有附庸風雅之譏，但也總勝過把擺滿洋酒的酒櫃放在客廳裡高明得多。

昨日，兒子從美國寄回來一本非常美麗的大書。

兒子是個書呆子。他不像別的留學生那樣寄食物、化妝品或服飾回來給母親，卻是常常寄書給我。過去，他寄回來精裝的畫冊以及文學作品，我都認真的閱讀過再珍藏起來，使我的書櫥增加不少美麗。而這一本，尤其得我鍾愛。

我說是大書，因為它的開本特別大，比十六開的寬了一吋，高了一吋。厚度也有半吋。

重磅銅版紙的封面是一幅藝術彩色攝影：帶著橙色霞光的河面，漂流著十來片黃葉和紅葉，境界幽遠，色調和諧已極。書名是"In Wildness Is The Preservation Of The World"（「荒野保存了世界」）。書裡面是用重磅道林紙精印，有好幾十幅整頁或半頁的彩色風景照。每一幅照片都附有一頁文字。而這些文字卻是選自梭羅的「湖濱散記」以及他的日記。梭羅是著名的大自然歌頌者，而本書的攝影者波特（Eliot Porter）的攝影技巧，不但傳達了梭羅原著的精神，而且把大自然更加美化了。他的攝影，有的像是水彩畫，有的像是油畫。幾朵野花，一撮枯葉，透過他的攝影機，都變成了一幅絕美的畫面。

圖文並茂，詩畫雙絕的書並不是沒有。不過，像這本不惜工本，以古人文章和今人的攝影藝術結合的書，孤陋寡聞如我，卻是第一次看到。

書中的風景照是按著四季排列的。現在是三月末，我們這邊已有夏天景象；而在梭羅筆下和波特的攝影機下，還是蕭條的早春景色。我最喜歡其中的一幅：樹林裡流過一道清澈的小溪，岸畔幾株不知名的樹，枝頭已綻放了一叢叢早春的花朵。

這是一本「詩」與「畫」結合的好書。我把它放在案頭，準備隨時翻閱，置身於書頁中時，我的心靈將可享受到大自然最美麗的景色。

我與書

由於搬家之故，日前，我曾經徹底的整理了一次我個人的藏書。這些藏書中，可以分為九大類：

一是工具書。像各種字典、辭典、百科全書、地圖之類。

二是國學類。其中大多數為詩詞方面的書，是我用以溫故知新的。

三是英文方面的。有世界名著、小說、散文、詩歌等等。

四是文友的贈書。每一位文友每年大概都會出版一本以上的書，二十幾年來，積少成多，數目也相當可觀。看到這些書，就像跟好友們把晤。

五是個人進修的書，這當然是跟文學有關的，有中文的，也有英文的。

六是大陸上帶過來的舊書。這些書，儘管印刷不佳，紙張變黃，甚至被書蟲蛀蝕過。但是，每一本書都有一段往事，我對它們都有著感情，仍然捨不得丟棄。

七是裝飾用書。一些印刷精美的精裝畫冊，以及封面特別考究的精裝本書籍，我都擇放在客廳裡，藉以增加室中的書卷氣。

八是雜類。凡不屬於上述七類的，我都把它們歸入這一類。像一些食譜、歌本、集郵手冊、醫藥常識等等。

最後一類是個人的著作。搖筆桿搖了二三十年，雖無成就，倒也出過十幾本書。加上翻譯的，就在二十本以上。每一種起碼都有幾本存書，光是這一類，就是滿滿一箱了。

身為文人，早就與書結了不解緣。在我的臥室裡，沒有梳妝臺，有的卻是四壁的圖書。我記得：自從進入高小後，我就開始藏書。我的床側，永遠有一個擺滿了心愛的書籍的書架。其中有一些竟然跟我旅行了好幾個地方，追隨了我二三十年。

在這些藏書中，大概以那些工具書與我接觸最頻繁了。尤其是英漢辭典，我幾乎一天要翻幾遍。我很喜歡查字典，一遇到不認識或發生疑問的字，不論是中文或英文的，我都要立刻查字典解決。

百科全書也是我愛讀的書。我有一套翻版的「世界百科全書」，閒來無事，我往往會無事找事做的去查閱某一個名詞，某一個地名，某一個人名，然後興致勃勃的讀下去。遇到註明要參考其他幾個有關名詞的，我也會不憚煩的繼續查下去。作為一個愛書的人，我覺得工具書實在是最實用而能夠直接增加知識的一種。

納布可夫的小說

濃重的鄉愁、美麗的俄羅斯少女、巴黎與柏林的異國風情、流亡者的憂鬱、詩一般的格調，這便是甫於去年去世的美籍俄國作家納布可夫（Nabokov）小說中最顯著的特色。

初識納布可夫之名，還是二十年前他的成名作「羅麗泰」（Lolita）出版以後的事。當時，此間報章競相介紹他這本驚世駭俗的長篇小說，而且立刻就有書店把它翻版，我也買了一本。可惜這本小說太長，我始終沒有功夫看完，只是斷斷續續地看了一些片段，因此對這位大作家並沒有什麼印象。

直至前幾年，我託人在美國買到了一本納布可夫的選集，我把集裡的短篇小說全都看過，還翻譯了兩篇，最近又看了兩本此間出版的他的中篇譯本，這才對他的風格有了一點認識。

納布可夫生於一八九九年，幼年時代便接受西方教育，後來又在英國劍橋大學攻讀，因此他不但用俄文寫作，用英文也同樣流利。由於逃避俄共的迫害，他的大半生都是漂泊在異國，所以在他的小說中總是離不開去國懷鄉的痛楚，也一定以俄國人為主角，這也可以看得出他的愛國情操。

跟一般的俄國作家不一樣，納布可夫作品的風格是極其浪漫的。至於文字的優美，也是很少作家能望其肩背。翻譯他的作品是一種享受，也是一樁苦事。因為他用字冷僻、晦澀，常常使人感到無所適從。

納布可夫是一位多才多藝的學者。他在劍橋起初讀的是動物學，後來才改讀法國文學；因此，他還是一位著名的昆蟲學家。他寫小說、寫詩、寫戲劇、寫論文、翻譯，還寫研究蝴蝶的科學論文。以他的才華，以他的閱歷，他筆下的小說，自然是花團錦簇，多姿多采。

看納布可夫的小說，常有看電影的感覺，當然這是由於他筆下人物的栩栩如生以及氣氛堆砌的成功。因此，我也極想能夠看到把他的小說改編的電影。可惜，他的成名作「羅麗泰」改編的電影「一樹梨花壓海棠」此間禁演；以後也沒有聽說過他其他的小說改編的消息，今後大概也沒有眼福了。

納布可夫的小說是唯美的、浪漫的，也曾被西方世界推崇為當今最偉大的小說家之一。比他晚生將近二十年的另一個偉大俄國作家索忍尼辛，則以他強烈的反共思想以及對世局的真知灼見而見重於世人。這兩位作家的風格可說截然不同（納布可夫也是反共的，從他的流亡海外即可看得出），但是他們的作品都是偉大的，他們也都是我所崇拜的人物。

捨己為人的史懷哲

假使要說我對當代外國人中的某一位可以用得上「崇拜」一辭的話，那麼，已經去世的「非洲之父」史懷哲醫師，將高踞第一位。而且，我覺得他可以稱得上為聖人而無愧。

史懷哲出生於一位德國牧師的家庭，在童年時就顯露出他音樂方面的天才，九歲時便在教堂中演奏管風琴。他在大學時先研究哲學，獲有博士學位。後來，又研究神學，成為一名副牧師。同時，他還不斷地研究音樂理論，而且一面以管風琴家的身分經常公開演奏。這時，他才不過二十六歲，就已經擁有哲學、神學和音樂三種博士學位，照理，他是可以過著無論在物質上和精神上都很豐足的生活的。可是，到了三十歲，他忽然放棄了這三種已有相當成就的事業，從頭學醫，深入非洲的蠻荒，為土人治病。那個時代——二十世紀初葉，非洲還是一片「黑暗大陸」，瘟疫流行、野獸出沒，到那種地方去，要不是抱著殉道的心情是辦不到的，這就是我崇拜史懷哲的主要原因。

到了三十七歲才獲得醫學博士學位，史懷哲於同年結婚。最難得的是，他的妻子為了協助他到非洲叢林中行醫，特地去接受護士訓練。那真是名符其實的夫唱婦隨，也是真正的賢內助。

史懷哲夫婦兩人於一九一三年到達中非洲赤道附近一個名叫蘭巴倫的荒村裡，就赤手空拳的開始建造他的叢林醫院，為那些無知、無告、貧苦的非洲土人治病。他天生一副基督心腸，不怕污穢，不怕麻煩，幾乎是不眠不休地替各地蜂湧而來的痲瘋病、象皮癩、赤痢、瘧疾、熱帶性潰瘍等患者醫療。有時，由於太忙太累，他和他的妻子自己也病倒了；於是，沒有病倒的一個，就得肩負起另外一個人的工作，加倍辛勞。他為什麼要這樣做呢？因為，「我必須給予別人一些東西，來補償我自己所享有的歡樂」，他說。史懷哲原是一位偉大的人道主義者和理想主義者啊！

後來，由於他不斷的努力，他的這所叢林醫院便漸漸為人所知，世界各國對他都有醫藥支援，醫院規模也日漸擴大。到了一九五三年他已高齡七十八歲時，才因為他的成就而獲得諾貝爾和平獎。一九六五年逝世於蘭巴倫，享年九十歲。

綜觀史懷哲的一生，他原是一位才華橫溢的奇才，無論他從事哲學、神學或音樂，他應該都可以名利雙收，坐享富貴榮華的，又何必千里迢迢的跑到蠻荒去受苦呢？他說：他厭倦空談，喜歡說到做到，所以，他是抱著「我不入地獄誰入地獄」的殉道精神到非洲最落後的蘭巴倫去的。我以為：他的這種捨己為人的行動，實在是一個基督徒的典範。

薄命詩人

少年時代的我，是個十足十的小書呆子，完全不通人情，不懂世故；可是在思想上卻十分早熟，十三四歲便沉迷於郁達夫的小說。在那個年紀，懂得什麼呢？還好正因為不懂，而沒有學到他的頹廢。

從郁達夫的文章裡，我知道了郁達夫最崇拜的清代詩人黃仲則這個名字。稍長，讀到黃仲則的詩，不禁跟郁達夫大有同感。黃仲則的確是個最具詩人氣質的詩人，他那些飄逸的、優美的、綺麗的、淒美的詩句，都令我心折。而他可憐的身世，更是令人一掬同情之淚。

黃仲則是個典型的薄命詩人，只活了三十五歲。他的短命，使人想起了唐代的鬼才李賀，也想起了西方的拜倫、雪萊與濟慈。詩人為什麼多數短命呢？是他們所嘔的心血太多嗎？

天才都不免有點瘋狂，而黃仲則更是既狂且傲。他二十四歲時在東石磯的太白樓上賦詩，最後四句為：「高會題詩最上頭，姓名未死重山邱；請將詩卷擲江水，定不與江東向流。」

口氣多麼自負！「弔太白墓」最後四句：「人生百年要行樂，一日千杯苦不足；笑看樵牧語斜陽，死當埋我茲山麓。」他生前最推崇李白，在這首詩裡，也隱隱以當代的李太白自居了。

家貧，又遺傳了父親的肺病，這使得黃仲則半生坎坷。他從小就才氣縱橫，十二歲時，在三千人的童子試中，他曾兩度掄元。及長，浪跡四方，遍訪名山大川，作詩寄意。在二十幾歲時，便已名重一時。可惜他身體太衰弱，可能因為營養不足之故，尚在壯年，便滿頭白髮。當時，有好幾位官員愛慕他的才華，願意贊助他；然而，他痼疾已深，終於以三十五歲的盛年，病卒於途次，留下家中老母、嬌妻與稚子，嗷嗷待哺。如此的身世，可說夠悲慘的。

黃仲則確是奇才，他不但擅詩，又擅駢文；而且工書法，善山水畫。也許凡是才子無不風流吧，從他的一些律詩中，可以看得出他少年時在宜興讀書時，就已戀上一個雛妓。像「風前帶是同心結，杯底人如解語花」、「別後相思空一水，重來回首已三生」等句，多麼纏綿悱惻啊！黃仲則雖然可以寫出「楚楚腰肢掌上輕，得人憐處最分明」這些極為香艷的詩句；然而，坎坷的身世，卻使他寫出了「全家都在秋風裡，九月衣裳未剪裁」、「如此星辰非昨夜，為誰風露立中宵」、「馬因識路真疲路，蟬到吞聲尚有聲」、「文園渴甚兼貧甚，只典征裘不典琴」等悽惻而哀傷的句子。

古時的詩人似乎都是薄命的，而不惜把生命點燃了奉獻給詩的黃仲則，恐怕更是最薄命的一個。

柏拉圖式的愛情

柴可夫斯基是我在欣賞音樂的早期便知道的音樂家。在那個時期，我曾經也喜歡過貝多芬和舒伯特；但是，後來便覺得他們的風格不對我的胃口。唯有柴可夫斯基的作品，我的喜愛卻是始終不渝的。

可能是與他一生孤寂而不得志有關吧？柴可夫斯基的作品有著一股極度沉鬱的韻味，往往使人有透不過氣來的感覺。這種特色，在他的第四、第五、第六三首交響樂中，尤其表現得明顯。

談到柴可夫斯基的第四交響樂，使人馬上就聯想到梅克夫人。這首交響樂，上面寫著：「獻給我最好的朋友」這位「最好的朋友」，就是無條件地資助了柴可夫斯基多年的梅克夫人。

梅克夫人是一個貴族的寡婦，家境富有，有著十二個孩子。她非常喜愛音樂（這也是當時歐洲上流社會人士的一種風尚），也很愛才，曾經幫助過很多音樂家。她是經由莫斯科音樂學院院長魯賓斯坦的介紹而第一次聽到柴可夫斯基的音樂的，一聽便十分喜愛，馬上答應魯賓斯坦，願意資助這個雖有天才而生活潦倒的青年。

他們從一八七六年開始通信，一共經過了十四年之久，而兩人從來不曾見過面。到後來雖然碰過兩次面，但是彼此都沒有交談，始終維持著神交的局面。後世的人論他們之間的感情，都認為有愛情的成分存在。那麼，這真可說得上是偉大的柏拉圖式愛情了。

在他們第一封信中，梅克夫人告訴柴可夫斯基：「你的音樂確實使我的生活愉快而且舒適。」柴氏回信說：「一個音樂家——一個失望和失敗阻塞著他路途的音樂家，知道了世間竟有像你這樣的少數人，如此忠誠和熱烈地愛好音樂，這真是一種安慰。」這是他們藉音樂而結交的開始。

後來，柴氏在信上說：「我對你的感激是永無止境的。我將一輩記住：我是多麼虧了你。」梅克夫人回信：「你知道我是多麼愛你，多麼希望你過得好。我認為：不是血肉的關聯，而是情感和精神的相通。……」字裡行間，不難看出兩人感情的深厚。他們藉通信神交了十四年而不涉及兒女之私，是因為梅克夫人比柴可夫斯基大了九歲，還是兩人的情操都特別高潔，不願陷入世俗的愛情中呢？

他們兩人在書信往來了十四年之後，梅克夫人突然停止通信（原因不明，也許是生病），這給予柴可夫斯基是何等重大的打擊！這時，他已經五十歲了。三年之後，他完成了他的「天鵝之歌」——第六號悲愴交響曲。同年，因為喝了一杯冷水，不幸罹患霍亂去世。「悲愴」這個標題，竟成了他一生的寫照。

奇女子鄧肯

一口氣讀完了鄧肯（Isadora Duncan）的自傳「我的一生」（My life），覺得意猶未盡，於是，再讀一遍，然後，掩卷嘆息，為之低徊者再。

鄧肯不但是一位偉大的舞蹈家、一位藝術的拓荒者和維護者，又是一位革命家和慈愛的母親。綜觀她歷盡滄桑、多姿多采的一生，除了以「一代奇女子」名之外，再也想不出別的形容詞了。

的確，鄧肯是個天生奇才。在自傳中，她說她的舞蹈生涯在娘胎中就開始；學步的時候，聽見音樂，就會雀躍。當然，她的喜愛舞蹈與音樂，是受了母親的影響。她的母親是學音樂的，與丈夫離婚後，就以教授音樂來撫養她的四個子女，而鄧肯的姊妹與兄弟，無不精通音樂、戲劇與文學，這都與母教有關。

從出生到成名之前，鄧肯都過著窮困的生活，有時甚至挨餓。但是，為了理想，她寧可餓肚子，也決不向命運低頭，一次又一次的放棄了商業性或者低格調的演出，傲骨的嶙峋，充分表現出一個真正藝術家的骨氣。難得的是，她的母親始終陪伴著她一起挨苦，為她打氣。

鄧肯沒有受過多少正規教育，從十歲起就開始教舞，她的知識都是從閱讀中得來。但是，她對音樂、戲劇、文學、雕刻、歷史等方面的造詣，使得她的舞蹈成為一種不流凡俗的高超藝術。她崇尚自然，反對傳統，她在舞蹈時赤足，穿著希臘式的紗衣。衛道之士，認為她作風大膽；崇拜她的青年，則把她當作女神供奉。

鄧肯（一八七八—一九二七）生於美國，成名於歐洲，也大半輩子住在歐洲。雖然她一生沉醉在藝術中，生活也相當浪漫（曾經和無數的男人戀愛過，不婚而生子）；不過，她並不是躲在象牙塔裡的人。第一次世界大戰時，她回到美國去，看見美國人對戰爭的漠不關心，非常氣憤。就在表演節目之後披上紅巾，在雄偉的馬賽革命曲中，莊嚴而熱情地舞出了巴黎凱旋門上雕像的雄姿，以激發美國人的愛國心，結果，全場起立，為她歡呼。

在世之時，雖曾享譽全球，鄧肯中年以後的生活又恢復少年時代的貧窮潦倒。她的死，非常的戲劇化，也可以說很淒美。她是酒後坐在一輛馬車上，任由她的長圍巾隨風飄揚；結果，圍巾的末端纏在迎面而來一部汽車的車輪上，她就那麼活生生地被自己的圍巾絞死了。她在這個世界上活了還不到五十個年頭。

為什麼天才都要備嘗貧困之苦？是「文窮而後工」嗎？為什麼天才的命運都那麼多蹇，是因為他們的不肯向傳統妥協嗎？我要再說一遍：鄧肯的確是一位奇才，她的自傳竟寫得那麼動人，簡直使我神魂為之顛倒。

影話

年輕的時候，我是個標準的影迷，每一個禮拜總要看兩次電影。凡是遇到自己喜愛的明星主演的片子，不問內容好壞，一定要去看。那個時候，大概除了戰爭片、歌舞片和鬧劇以外，我幾乎是無片不看。

外子和我也是同道，而且我們選擇影片的眼光也相同，很少發生歧見。那個時候，每逢下雨天，我們必去看電影（這跟我們就住在電影街附近有關），他說：「下雨天就是電影天。」兩人之中誰傷風感冒不舒服，也要去看電影，因為看電影可以忘記病痛。

雖然說我們除了戰爭片、歌舞片和低級鬧劇之外幾乎無片不看；不過，我們最喜愛的還是文藝片和音樂片。剛好四十年代和五十年代正是好萊塢的全盛時期，的確出品過不少高水準的文藝片和音樂片。於是，我們這兩個影迷，真可說是躬逢其盛，得其所哉。

然而，經過了二三十年，電影的表現方式變了，我們的眼光也變了。每次週末和星期日電視上所播映的舊片，從前大家都公認為好片的，如今重看，竟有味同嚼蠟之感。

這種感覺，當然是由於現代電影的節奏明快，動作多，對白少。我們看慣了七十年代的電影，自然對那些節奏慢、對白多、拖泥帶水的老片看不下去。再說，我們對電影的興趣已趨向那些懸疑、緊張、刺激的片子，溫吞水似的好萊塢文藝片算什麼呢？好萊塢的文藝片可說毫無深度，看過歐洲出品的文藝片，好萊塢的文藝片不看也罷。

至於音樂片，包括歐洲的製片家在內，近年來已沒有人再拍攝，大概是認為古典音樂已經落伍，沒有票房價值吧？想起從前許多很好的音樂片像：「曲終夢回」、「幻想曲」，以及一些以維爾第、莫札特、華格納、貝里尼等音樂家的傳記作題材的片子（譯名記不起來了），還有一些歌劇和芭蕾舞的電影；除非有影院重映，或者有電視臺播映，否則就只能在夢裡追尋。

如今，我們看電影的興致已大不前了。當然，最主要是有了電視機，晚上便懶得出去。再來是現在好片子不多。雖然喜歡緊張刺激的影片，但是過份誇張暴力的也不敢領教。

遇到合意的片子，我有時也會一個人去看早場。這時，我就會發現全場幾乎都是十幾二十幾歲的年輕人，中年人幾乎找不到。中年人都到哪裡去了呢？難道他們不需要娛樂？是不是都躲到牌桌上和電視機前了？

蘇菲亞與瑪麗蓮

生平無所好，看電影可說是我唯一的娛樂。我愛看電影，卻不崇拜任何影星，因為我欣賞的是電影藝術而不是電影明星。當然，年輕也曾迷過費雯麗、英格麗褒曼、黛波拉蔻兒、勞勃泰勒、泰倫鮑華等人；但是，這些人到了中年便不可愛，而我也失去了迷影星的興趣。

在歐美芸芸眾星中，蘇菲亞羅蘭是給予我印象最深的一個。她剛崛起時，我很不喜歡她。她那雙眼角上翹的大眼、長鼻子、寬得驚人的大嘴巴、高頭大馬的身材以及潑辣粗獷的作風，都不是我所能接受的。不過，我承認她的演技很好（她就適宜於演漁婦、海女、村女、貧婦），也覺得她那帶著濃重義大利口音的英語很有魅力。

然而，曾幾何時，蘇菲亞蛻變了。去年，她在「邂逅」一片中，飾演一個中等家庭的主婦。這時的她，果真變成一個端莊嫻淑的夫人，她的眼神不再那麼凌厲，她的野性已完全收斂，她說純正的英語。總之，她已從一個粗野的義大利村女變成一個上流社會的女性。這時的她，雖然不再年輕，可是卻另外有一種成熟迷人的風韻，而且演技也更加洗鍊。現在，我是十分的喜愛這位從來不鬧桃色糾紛的演技派女星了。

從蘇菲亞，我想到另一位曾經紅透了半邊天，已經作古的好萊塢女星瑪麗蓮夢露。瑪麗蓮有著一張洋娃娃似的臉孔和最性感的身體，這是男人最喜歡而女人都討厭的一型。我們女人喜歡的是高貴得像女神般的葛麗絲凱莉以及氣質清新的奧德麗赫本。固然，我不能否認瑪麗蓮在少女時，很美麗很可愛；可是，成名以後，她以半閉的星眸、半張的櫻唇和扭腰擺臀作為她的註冊商標，那末免降低身價，把自己定型為淫娃蕩婦。事實上，以她的外形，也無法扮演良家婦女的。

果然，這個具有成熟婦人軀體和孩子般頭腦和面孔、煙視媚行、顛倒眾生的尤物，竟因「天生麗質難自棄」而「一朝選在君王側」，和故甘迺迪總統發生了一段情，終於自殺身死，而應了我國「自古紅顏多薄命」的讖語。

老實說：瑪麗蓮夢露演戲毫無演技只靠嗲勁；這種女人，即使不早逝，她的藝術生命亦必會隨著人老珠黃而死亡。相反地，像蘇菲亞羅蘭，像很多早年表演歌舞的男女影星，他們知道不能一輩子演潑辣粗野的村女，不能一輩子唱和跳，所以，他們潛心琢磨演技，到了中年，就以演技派影星的姿態和觀眾見面。這種改變，往往令人刮目相看，知道他們的確有一手，並非僅有一張漂亮的面孔或者一副好嗓子與會舞蹈的雙腿而已。

一部令人震撼的電影

看完了「螢光幕後」一片，走出戲院，但覺心頭一片沉重，感觸之深，幾乎得未曾有。「人情冷暖，世態炎涼」，古已有之，於今為烈。尤其是在一切只重現實，對事不對人的美國，則更是人情薄如紙。一個資深的新聞廣播員，只因為他的節目的收視率降低了，臺方便毫不留情的請他走路。然而，當他在臨別向觀眾留言時說要在節目中自殺，由於出語驚人而成為新聞人物；於是，他一個工於心計、善於投機取巧的上司竟不顧他的神經有毛病，把他捧為「憤怒的先知」，讓他在節目中大發牢騷、口出狂言，以吸引觀眾。澳洲籍的老牌演員彼得芬治飾演這名牢騷滿腹、因失意而酗酒的播音員，演技已臻爐火純青。他雖然因此而獲得了最佳男主角的金像獎，可惜在拍完這部片子之後即死於心臟病，與劇中人每次在節目終了時即裝作心臟病發作倒地不起的情形不謀而合。真可謂人生如戲。

本片雖然描寫的是電視臺的內幕，但是，也反映那些為了追逐名利而不擇手段，甚至犧牲他人以達到自己目的人們的嘴臉，令人看了深感人性之惡。那間規模龐大的電視公司，製作節目，只是為了圖利。對於職員，誰能替公司賺錢，誰便可升官；反之，不管你曾為公司出過多少氣力，馬上便翻臉無情的把你開除。這種情形，原來是天下烏鴉一樣黑。鈔票第一，電視臺雖是文化事業，亦不例外。

那位每晚站在一塊有似教堂彩色玻璃窗的背景前的「憤怒的先知」有幾句話值得我們反省。他指著在現場參觀的觀眾說：「你們每天穿電視上的衣服、吃電視上的食物、說電視上的話、跟著電視思想。……」在電視控制了我們全部生活的今日，一般的家庭主婦、老人家和未入學的小孩，中午看連續劇，晚上也看連續劇。他們模仿電視中人物的髮型和衣著，說電視中人的話。除了電視，他們不知有其他。這現象豈不可悲？

「憤怒的先知」又說：「你們現在不讀書、不看報紙，唯一的知識來源就是電視。」這種情形，我們也一樣。一般的家庭很少買書，訂報的也不多；可是，沒有一個家庭沒有電視機。連最簡陋的違章建築，用破鐵皮搭成的屋頂上都會有電視天線。從好的方面看來，是我們經濟起飛、生活水準高。從壞的方面看來，因為有了電視，文化水準變得低落了。

「螢光幕後」不是一部娛樂性的電影，要是你對它嚴肅的主題不起共鳴，看了可能會索然無味。但是，假使你對這種人吃人式的悲劇（我不明白為什麼會有人在「憤怒的先知」說話時笑起來。笑得出嗎？）感得出一股震撼力；那麼，你就會覺得它的確值得「最佳劇本」這個榮銜。

永恆的愛

「化悲憤為力量」，是一句很能夠鼓舞人心的話。當你遭遇到一件使你傷心、痛苦和憤恨的事，痛哭流涕、椎心泣血又有什麼用？如果把這股龐大無比的怨氣化為力量，是不是說不定可以扭轉逆境，幹出一番事業來呢？

白髮人哭黑髮人，老年喪子，該是一件非常悽慘的事情吧？然而，人死不能復生，傷心又有何用？假使能把這份悲痛化為力量，把愛子之心施之於大眾社會，死者已矣，是不是有許多生者身受其惠呢？

旅港反共報人陳子雋先生（筆名萬人傑，即萬人日報發行人）的愛子不幸得了癌症，青年夭逝。陳子雋先生在悲痛之餘，特地以愛子孝昌的名字設立獎學金，嘉惠社會青年。陳先生這種化小我為大我的無私之愛，實在令人感動。

現在，中央電影公司已把這個動人的真實故事拍成影片，名叫「永恆的愛」，日前，招待文藝界人士觀看試片。由於劇情感人，大家都感動得淚濕青衫，場中唏噓之聲此起彼落。

飾演那位聰明、活潑、勤奮、上進的香港留美學生的是新進小生賈思樂。聽說他是第一次上銀幕，演來自然可喜，成績不惡。魏蘇一向擅演慈愛的父親，在這裡飾演報人陳子雋，自是駕輕就熟。盧燕演母親，則似乎不夠生活化。片中外籍演員很多，據說都是陳孝昌生前的師長、同學及醫生等現身說法。這些業餘演員的演技都略嫌生硬，不過尚無大礙。

「永恆的愛」一片大部分的背景在美國實地拍攝，小部分在香港及臺灣。在臺灣時，有一個鏡頭是國慶日閱兵的實況，軍容壯盛、旗幟如海，美麗極了。將來這部片子運到海外去放映，這個鏡頭的宣傳作用就很大。

這不是一部輕鬆的娛樂片，但是主題的健康與積極卻是值得重視。除了上述陳父為了紀念愛子而設立獎學金外，陳孝昌明知自己得了絕症，仍然抱病完成學業，並且協助父親辦報，他的勇敢與堅強，豈不是值得一般青年效法？中影過去就拍過不少主題正確的影片像「英烈千秋」、「八百壯士」、「筧橋英烈傳」等，也都膾炙人口，可見非娛樂性的片子，照樣也能夠賣座。在片商競拍無聊的武俠片以及風花雪月的愛情文藝片歪風中，中影能夠堅定立場，不以牟利為目的，是值得喝采的。

略有遺憾的是：影片雖名「永恆的愛」，本事中也強調母子之愛，但是片中表現母子之愛的鏡頭很少，反而其中的父子之愛及姊弟之愛比較動人。我不知道這是不是只是我個人的感覺？

母教的重要

從前，我以為德國哲學家尼采是世界上最著名仇視女性的人，最近，讀到一本叔本華的傳記，才知道自己錯了。比尼采早誕生半個世紀的叔本華，才是最憎恨女性的人。

在他「論女人」一章中，他說：「女人本身就像個小孩，既愚蠢又淺見」；「其思想僅及於皮相，不能深入，不重視大問題，只喜歡那些雞毛蒜皮的小事」；「在她們的觀念中，認為賺錢是男人的本分，而儘可能花完它」；「虛偽和佯裝可說女人的天性」；「女人只是為種族的繁殖而生存」；「由於女人的虛榮心，不斷給予男人以刺激，這是釀成近代社會腐敗的一大原因」。……

他種種蔑視女性的句語，我也不必抄錄太多了。舉一反三，反正他瞧不起女性就是。在這裡，我無意為女性辯護，也不想去研究他這些句語的真實性，我只想分析一下，他為甚麼對女性存著這樣的觀念。一讀他的傳記，我就明白了。

叔本華出生富家，但是，他十七歲時父親就去世了，有人認為他是投河自殺的，因為叔本華的祖母死於瘋癲，而他的幾個叔父在精神方面都有問題。

他的母親是一位頗有才氣的作家。據說她比丈夫年輕十九歲，性格亦不相投，對叔本華也缺乏母愛。孀居之後，她不但揮霍著丈夫龐大的遺產，更和別的男人同居。叔本華因此對母親極為不滿。叔本華的第一本著作出版後，深獲好評。他的母親卻不信一個家庭裡會有兩個天才，彼此互相詆毀。爭吵的結果，母親氣得把叔本華推下樓梯去。

母愛是天賦的，我不明白這位才氣縱橫的女作家何以對兒子全無愛心？因此，我對叔本華日後的仇視女性，竟寄予莫大的同情。他的母親是如此自私而冷漠，根本不把他當兒子看待，我們實在不能怪他以偏概全，因此而對全世界的女性都沒有好感的。他是因為青年時期受的刺激太大，以至產生出如此偏激而不正常的思想啊！

雖說「天下無不是的父母」，事實上，還是有許多父母有虧「職守」的。有些母親視子女為冤家，終日打罵不休；有些母親沉迷牌桌上，懶得下厨，每天隨便塞些零錢給孩子，叫他們在小攤子上吃；有些母親，不體念孩子課業繁重，硬要他們做家務；有些母親，不懂身教的重要，舉止粗俗，出言鄙陋；有些母親，……。試想：在這樣環境中長大的孩子，有可能成為身心健全的人嗎？

有時，看見母貓慈愛地舐著小貓身上的毛；母鳥辛勞地一趟趟飛回來餵哺幼鳥；我就覺得：有些人類的母愛還不如禽獸。而一個人童年的母教，更是會影響到他的一生的。

父母難做

有一次，外子和我跟友人夫婦四人一起飲茶。忘記了是怎樣開頭的了，友人夫婦那天把話題完全集中在他們的兒女身上。我們是相交多年的朋友，但是他們的子女長大後很少跟我們見面，所以我們對他們下一代的情形並不了解，只知道他們都學業有成，也有一份相當不錯的工作而已。

「你們知道嗎？我已經有一個多月沒有看到兒子了。」友人忽然長長的嘆了一口氣說。

「怎麼啦？他到甚麼地方去了？」我問。

「他甚麼地方都沒去，還是住在家裡。但是，我和他就像參商兩星，彼此碰不到面。」友人仍然輕喟著，臉色凝重，看得出他內心非常痛苦。

友人太太告訴我們：他們的兒子大概是在戀愛了，每晚都過了午夜才回，害得他們提心吊膽睡不著。第二天，做父親的一早去上班，而工作時間比較自由（在雜誌社擔任攝影記者）的兒子卻仍高臥未起。等到父親下班回來，兒子又不在家，兩人等於永不見面。做母親的雖然還有機會見到兒子，可是這個兒子諱莫如深，甚麼都不告訴媽媽。她之所以猜他是在戀愛，無非是因為近來時常有女孩子打電話找他，而他又經常不在家吃飯而引起她的敏感而已。

「你說，養兒女有甚麼用？他雖然按月交一部分薪水給母親，可是我不稀罕，我寧願他正常地每天早出晚歸，不要把家當做旅館。」友人憤憤地說。

「可能這只是一時的現象吧？等他跟女友的感情堅固了，我相信他不是這個樣子的。」我安慰他。

「你不知道，這孩子自從上了大學以後，就變得很深沉，他嫌我們管他，乾脆甚麼事都不讓我們知道。像他退伍以後有甚麼打算，我們問他他都不說，等到他找到了工作才告訴我們。我們都覺得太沒有面子，也太傷我們的自尊心了。」友人的太太說著，口氣也變得激動起來。

「那麼，你們的女兒呢？她應該不是這樣吧？」外子問。

「她呀？也好不到哪裡去。每個月賺一萬七八千，才給我五千元，還整天嫌伙食不好、住得不舒服。」友人太太一聽，馬上又發起牢騷來。

雖然是熟朋友，但是一談到錢，我們就不便置喙了。何況疏不間親，那個到底是他們的女兒！

我不是懷疑朋友夫婦的話，只希望他們是過份誇張。否則，他們的家豈不是太缺乏溫暖，甚至有點「父不父，子不子」？一雙子女都變得對父母如此冷漠無情，他們當年的管教態度又是否應該檢討檢討呢？父母難做，現代的父母尤其難做，不戰戰兢兢是不行的。

婆媳之間

婆媳之間的糾紛，可說是千古以來最難解決的問題。大概古時候父母的權力大，所以惡婆較多，如「孔雀東南飛」中焦仲卿之母。近代孝道淪亡，則悍媳較多。今日小夫妻與父母同住的不多，婆媳問題似乎比較不嚴重，但是卻仍然存在著：不和的婆媳到處可見，而親如母女的則百不睹一。

說到親如母女，專家們談到婆媳問題，必定說婆婆應疼愛媳婦如女，而媳婦應敬愛婆婆如母，這就牽涉到知易行難的問題。這兩句話說起來容易，做起來卻很難。因為母親疼女兒，女兒愛母親是天性。可是婆媳兩人各自生長於不同的環境，性情與愛好等等都各異，要兩個原來陌生的女人硬生生地共同生活在一個屋簷下，能夠相安無事已經不容易，還想她們把對方當做自己的母親或女兒，豈不是難之又難？

從前，我也犯了那些專家們的毛病，總是在文章中勸婆婆把媳婦當女兒，勸媳婦把婆婆當母親；最近，在一本雜誌上看到一位為人子媳的女士所寫的短文，才恍然大悟：我錯了。

那位作者說：「婆婆媳婦只是法律上和母女相等的關係，究竟缺少了最可貴的骨肉親情，如硬要把婆婆和母親比，媳婦和女兒比，大半要失望的。……最好雙方能認清立場，不要苛求對方，自然能相安無事。何況人是感情動物，日子久了，自會產生和諧的關係。」

她說的話對極了，婆媳的關係是法律上的、是後天的、是人為的，而且彼此都沒有選擇的權利，如果一定要這兩個人親愛得像母女一樣，那豈不是強人之所難，也不合情理？

從前的婆婆之所以喜歡虐待媳婦，是基於一種冤冤相報的心理：她被婆婆虐待了二十年，如今好不容易熬成婆了，當然也要過過婆癮，對媳婦也依樣葫蘆虐待一番。今日的婆媳不和則是基於一種敵對心理：婆婆認為媳婦奪去她的兒子，媳婦認為婆婆霸佔她的丈夫；於是，彼此互視為眼中釘，勢如水火。

其實，我們何必苛求婆媳親愛如母女呢？只要婆婆不歧視媳婦，媳婦也知道敬重婆婆，大家彼此尊重，不就相安無事了嗎？在兩者之中，婆婆是長輩，年紀大，媳婦自然要稍加容忍，略為討好，人心是肉做的，日子久了，大家就會發生感情。最要不得的是一開始就存著排斥的心理，拒人於千里之外，自築籬樊；有著那樣心胸的人，是永遠無法接納別人的愛的。

萬里尋子

從前的人是「萬里尋父」、「萬里尋夫」，因為能夠或有機會出遠門的必是一家之長；「父母在，不遠遊」，小輩是必須在家侍候尊親的。如今呢，卻是反其道而行，做兒女的紛紛出洋而去，有著高級知識份子的家庭，多數只剩下兩老寂寞相守，於是「萬里尋子（女）」的老先生老太太，經常出現在越洋的客機上。

「萬里尋子」，聽起來似乎很風光。某某的孩子真孝順呀！寄來旅費請他的父母到美國去玩。「去玩玩」，也許是個好主意，既可骨肉團聚，又可觀光一番，當然應該。然而，假使是去「依親」，請聽某些過來人的話。美國是個高度工業社會，每個人都得為生活忙碌。他們工作的緊張，恐怕不是我們能夠想像得出的。一個中老年人到了那裡，除了自己的子女以外，人地生疏，言語不通，而你的子女必須上班上學，不能整天陪著你。於是，你一個人孤單單地待在家裡，不會閱讀英文書報，看不懂電視，豈非等於瞎子？電話鈴響不能接，不能跟鄰居交談，豈非等於聾子啞子？不會開車，也不會搭乘電車巴士，無法上街，又豈不是等於跛子？要是你的子女已經結婚有了第三代，你還得替他料理家務帶孩子，又豈非等於去做老媽子？近年來，在留學生家長中流傳著「五子登科」的笑話，恐怕不是無中生有的吧？

我認識一對夫婦，他們有三個兒子留美，有兩個已經在那邊成家立室。那位太太是位虛榮心相當重的人，看見別人都紛紛到美國探望子女，而她卻始終未出國門一步，覺得很丟臉，就天天吵著要移民美國。但是她的丈夫不願意去，他就是怕去做「五子登科」。後來，太太終於去了，可是不到一個月就回來。她丈夫問她為甚麼不多玩一陣，她流著淚著說，在那邊很無聊，而且，她覺得孩子們似乎都變了，性格跟在國內時不一樣，母子之間都有點陌生，她很害怕，就趕緊回來了。

另外一對夫婦則剛好相反。他們在美國的兒子要他們去長住，做父親的興致勃勃地答應了，做母親的則不想去。後來他們決定先去住一個時期試試看，結果，提議回去的還是父親，因為他也感到無聊，在那裡一個朋友也沒有。他懷念這邊的老友以及偶然打打小牌、吃吃館子的樂趣，終於還是回來。

美國，本來就是「兒童的樂園，成年人的戰場，老年人的墳墓」，他們自己的老年人都只能坐在公園裡曬太陽、餵鴿子，或者坐在電視機前一整天；更悲慘的死在公寓中都沒有人發覺。那麼，我們這些原來可以在這裡安享晚福的中老年人，又何苦去受洋罪呢？

鄉村姑娘的故事

一位住在南部的親戚的女兒，高中畢業後，因為在大專聯考的榜上無名，而又不甘心「終老」在家鄉，就隻身到臺北來打天下。親戚雖然極力反對，捨不得她遠離；但是，女兒已長大了，已無法再用親情來拴住，也只好由她。

女孩子到了臺北不久，馬上就找工作。當時，她曾經來看過我，打扮得樸樸素素的，人也老老實實的，是個道地的鄉下姑娘。據說：她是在一家保險公司擔任輔導工作，是在報上看到人事廣告去應徵的。這個社會人浮於事，以一個高中畢業的鄉下女孩，哪裡這麼容易就找到職業？我有點懷疑，問她是不是當外務員，她說不是，我也就沒有多問。

以後，她就沒有再來看過我。大約過了半年的光景，有一天下午我在西門鬧區碰到她。真是女大十八變，她跟上次見面時已完全判若兩人。臉上塗滿了五顏六色的化妝品，身上穿著最時髦的曳地紗衣，腳登四吋細跟涼鞋，正一扭一扭地逛委託行。我差點認不得她，倒是她先向我打招呼。

「咦！你怎麼不用上班？打扮得這樣漂亮幹嘛？」我雖然對這種裝扮異常厭惡，但是表面上只好禮貌一番。

「我不在保險公司了，他們要每個新進人員拉十萬元的保險，我拉不到，飯碗就給砸了。」她說。

「那麼，你現在在哪裡做事呢？」

「跟幾個朋友一起做點小生意。」

她心不在焉地注視著櫥窗中一件奇形怪狀的時裝，似乎有點不耐煩，我跟她交情不深，不便再問下去；於是，兩人就匆匆分手。不過，我也有點懷疑：一個鄉下出來不久的女孩子，在此地既無朋友，自己也沒有本錢，能做甚麼生意呢？看她打扮成那副樣子，八成是走上了歧途。

果然，不久以後親戚來信說：聽說她那個寶貝女兒在臺北當起舞女來了，她身體不好，無法北上，叫我代為勸勸她，叫她回家去。雖然明知自己不可能有這份本事，可是受人之託，忠人之事，我也只好勉為其難。按照親戚給我的地址前往，原來是一間美容院。我問×小姐在不在，裡面的人說，她們只負責替她收信，×小姐並不住在這裡，她們也無法找到她。

我不知道怎樣回信去安慰那位傷心的母親，只好寫一封信請美容院轉給那隻在大都市中迷了途的小羔羊，希望她在失意時，記得家中還有親愛的人在等候她。

這是一個典型的鄉村姑娘因為羨慕虛榮而墮落的故事，這種故事也隨時隨地在發生。大都市是罪惡的淵藪、色情的陷阱，身為家長的人，真是千萬不可讓羽毛未豐的子女獨自前往冒險；否則，稍一失足，說不定就會終身遺恨的。

從殺鷄談起

一想起來，我就覺得那真是一個大笑話。

兒子在快要結婚時，去拜訪他的未來岳父。他的岳家住在鄉下，養了很多土雞。老丈人問我兒子：你媽媽會不會殺雞，你帶兩隻回去好嗎？兒子雖然客氣的說不必，但是，他為了怕我丟臉（他後來這樣告訴我），居然騙他的未來岳父說我會。當時，他是怎樣也不肯帶雞回來，過了幾天，他的小舅子卻不辭勞苦、迢迢路遠的拎來兩隻大母雞。我一急，只好坦白的招出我根本不會殺雞的事實，希望他們以後不要再送來。幸虧我們家附近有一個賣雞的攤子，就送去花點錢請他們代殺。否則，還不知道該怎樣處置那兩隻雞哩！我們一家，連我在內，全是手無「縛」雞之力之輩，連一隻蟑螂都不敢踩死，遑論殺雞？我兒子竟然想在這方面為我爭面子，實在太可笑了。

說到殺雞，我就想到那部譯名為「艷曲凡心」的老片子。這是德國作曲家舒曼的傳記片。其中有一片段說舒曼家的女僕辭工了，舒曼的太太鋼琴家克拉娜想殺雞作晚餐，但是她不敢下手，她的丈夫舒曼也不敢下手，他的學生——青年時代的布拉姆斯想自告奮勇，也是遲遲下不了手。三個人互相推諉，始終沒有人忍心砍下那一刀，充分表現出讀書人的「仁民愛物」的心胸，也諷刺了書生的無用。

猶記抗戰期間，我住在香港時，聽見大人在談論大後方一些著名的都市如桂林等地的情形。有一位嬌滴滴的太太說：「我才不要去，滿街都是大蒜味。」另外一位太太說：「聽說那裡的菜市場都不替顧客殺雞的。要我自己殺，我寧可不吃。」那位因為怕聞蒜味就不肯到大後方去的跟大夥兒一起捱苦的太太固然令人齒冷；不過，一想到要吃雞便得自己殺，也會令我大吃一驚。因為我的父母親也都是從來不敢殺雞的；假使我們要到大後方去，吃雞豈非大成問題？

我這種婦人之仁（還是「仁民愛物」？）維持了三十多年而不變，不但始終不敢殺雞，也不敢殺死任何生靈（螞蟻、蚊、蠅、蟑螂等除外）。有一次，到市場買了一條活魚，當時，魚販已殺好破開而且刮了鱗。想不到，回到家裡，打開塑膠袋，拿到水槽中要洗乾淨時，牠又活鮮鮮地蹦跳起來，直把我嚇得面無人色，連忙把牠丟下，等到牠不再動了，才敢處理。

我也許是個膽小鬼吧？看到血或者看見街上有人因車禍倒地，就會心驚膽戰。有一次我看見一隻鴿子因為受傷跌在馬路上，我恐怕牠被往來車輛輾到，就站在那裡守候著，直至牠的主人來把牠撿回去才走開。

「聞其聲不忍食其肉」，惻隱之心人皆有之，上天也有好生之德，再小的動物的生命都是天賦的。不敢殺雞，應該不算太丟臉吧？

君子遠庖廚

不善烹飪，不喜下廚，是我自己多年來一直引以為憾的缺點。當年，剛結婚時，家裡有一名廚師出身的男僕，我這個年輕的主婦，當然就樂得君子遠庖廚。來到臺灣的初期，一直都有女傭幫忙，也用不著自己動手。等到我們這個社會漸漸進入工業時代，女傭漸漸難找，而我的孩子們也到了學齡之後；我那時的工作是不必每天上班的，就下決心不再僱傭人，開始親操井臼。

那個時候的燒飯工作並不像現在這麼簡易。沒有電冰箱，得每天買菜；沒有煤氣，得每天生那種圓柱形的大煤球。從前，我在家裡是茶來伸手飯來張口的大小姐，婚後也不曾自己燒過一頓飯；如今，這對我可真是一種考驗。原來，燒飯也有這麼多的學問，一天兩頓（早餐買現成的）得花我這麼多的時間。一開始，我對這種灶下婢的生涯就沒有好感。剛好那個時候我讀到一位美國女作家的文章，題目是「燒飯是女人的大敵」，這句話真是深獲我心，我也覺得把有用的光陰花在廚房裡真是可惜，就當然更不會想到要去研究烹飪的藝術。

轉眼，我親主中饋已有二十多年的歷史，但是我自知在這方面毫無進步。看見朋友們個個能文能武，燒得一手好菜，不免覺得很慚愧。但是我又這樣安慰自己：你現在太忙了，等將來不用上班時再好好研究研究烹飪之道吧！

去年春天，我果然得以擺脫了多年來刻板式的辦公廳生涯，變成了閑雲野鶴。第一件事就是想按照食譜做幾個菜，慰勞慰勞終年吃我那些最簡易的家常菜的家人；可是，打開食譜，每一種菜我都嫌做法麻煩，只做了幾次三色蛋就不想再浪費自己的時間。

說來可笑，我雖然不必上班；但是，一向律己甚嚴的我仍然不放鬆自己。除了有事外出，我每天仍然按時坐在書桌前面四五個鐘頭。因為生平無所嗜，唯有寫寫讀讀，才是我心靈上最大的喜悅。既然心有所鶩，我每天奉獻給廚房的時間也就有限。我仍然像以前做職業婦女一樣，專買那些容易洗的瓜菜，做一些最容易做的菜式。加上現在人口簡單，我的兩餐就更是力求簡化。我何不多騰出一些時間來讀讀詩、聽聽音樂，人生苦短，為甚麼要把大好光陰消耗在廚房裡？精神上的食糧豈不更重要？

兒子是個講求口腹之慾的人，對我這些既少變化，口味又清淡的家常菜漸覺不耐，有時難免口出怨言。無奈，我喜歡清淡，他喜歡濃烈和鹹辣，在口味上根本已是背道而馳（這也是代溝吧？），身為主廚的人，我實在無法遷就他的嗜好。他想吃鹹而辣的菜餚，只有娶個四川姑娘了。誰叫他母親是個遠庖廚的君子呢？

階級觀念的突破

記得童年時代，父親曾經帶我去拜訪過他的一位朋友，他那奇特的生活方式，給我的印象很深。

他是一位早期留美的學生，但是，由於性情狷介，不能合群，只能夠在一個公家機關裡當一名小小科員。又由於子女太多，家累過重，他的生活過得十分拮据。居陋巷，家無隔宿之糧。第一次見面，我真不相信他是個喝過洋水的高級知識份子。他蓬著頭，穿著汗衫短褲出來見客。他的家，是一間低矮的瓦房，又黑暗又狹窄，小小的客廳裡也架著一張木板床。他苦笑著對父親說：「這便是我的床鋪了。」

當然，聽過他跟父親的一番談話，便知道他是個肚子裡有墨水的人。難得的是，他雖然境遇不佳，卻仍然不失他風趣而幽默的性格，他不時縱聲大笑，妙語如珠。我當時雖然不完全聽得懂，也時時被他引得發笑。我記得他對父親說：「你知道嗎？我現在是個有著三重人格的人。我是個留學生，所以是一個最高知識份子。我又是一個公務員，論社會地位，可算得上是中等階級。但是，我卻過的是下層生活，我的老婆在替人洗衣服，我們家裡每餐都是用鹹魚和空心菜佐膳。我上中下三種階級的身分都具備了，不是三重人格是甚麼？」說完了，又是一陣狂笑。

當時，我雖然少不更事，也覺得這位懷才不遇的世伯挺可憐的；但是，以今日的眼光看來，卻又不是那麼一回事了。

在現代人的觀念中，職業無貴賤，只要是正當的出賣自己的知識或勞力，大學教授和洗衣婦無所謂誰尊誰卑。從前，認為鍍過金的留學生了不起（因為物以稀為貴）；如今，留學生車載斗量，已無復當年身價。再說，現在大家已經沒有士大夫階級觀念，更不能「先敬羅衣後敬人」。一個泥水小工，照樣可以西裝革履上觀光飯店去大吃大喝；一個教書先生，趿雙破拖鞋到路旁的麵攤上吃一碗牛肉麵，也不見得就丟臉。

總之，從前那一套甚麼「萬般皆下品，唯有讀書高」，以及「書中自有黃金屋」的觀念，是徹頭徹尾的錯了。知識份子不一定就會既富且貴，勞動階級與文盲，照樣可以享受得到種種現代化設備。以電視機為例，大都市中固然幾乎家家都有，鄉村中還不是戶戶必備？又譬如放洋留學，富貴人家子弟固然可以去，農家子弟，要是拿得出這筆錢，或者申請到獎學金，還不是一樣可以去？

階級觀念的突破，真是現代社會的一個巨變，也是現代人的鴻福。

論瀟灑

我有一位表妹，是留英的博士，可說得上學富五車、才高八斗。獨身不嫁，獻身於研究工作中，自得其樂。她的家境很富有，可是她衣著樸素（甚而有點土氣），從不打扮自己。她的嗜好是讀書、旅行和美食，閑時偶然也下廚露一手。環遊世界時，她到處嚐新，越是希奇古怪的食物，她越要嘗試。她告訴我，每到一地，她最喜歡坐在街頭的小食攤上，與販夫走卒一起品嚐當地的平民小吃。我說：你不怕髒嗎？她說：那有甚麼關係？我說：不怕辱沒你的身分？她大笑：身分值幾個錢？你的頭腦為甚麼這樣陳舊？居然還存著士大夫階級的觀念，真要不得啊！

這位表妹的瀟灑行徑，我是非常羡慕的。但是，說來慚愧，她的瀟灑作風，我卻連十分之一都學不上。因為我的性格近乎拘謹，完全沒有辦法放開。我的思想雖然很新，但是我不否認我仍殘存著一點點士大夫階級的觀念。叫我跟市井之徒在一起進食，看他們箕踞而坐，大聲咀嚼，用污黑的長指甲剔牙，把骨頭吐得滿地，我是不屑為的。而且，小吃攤的東西也許味道好

（說不定是加入大量的劣質味精）；但是，那種骯髒的程度，又豈是一個知識份子所能忍受？因此，在小吃攤上欣賞美味這股瀟灑勁，我是無福消受的。

瀟灑的性格，大部分是先天得來，小部分是來自後天的培養。一般人口中的：「這個人好瀟灑！」多數是指他的外表或是行為的一部分。但是，所謂瀟灑，應該是指一個人對一件事的是否拿得起放得開。性格瀟灑的人絕對不會患得患失、耿耿於懷，也絕對不鑽牛角尖。寒山子有一首詩：「千雲萬水間，中有一閒士。白日遊青山，夜歸岩下睡。倏爾過春秋，寂然無塵累。快哉何所依，靜若秋江水。」那位閑士，真是瀟灑得令人忌妒。莊子的思想也是夠瀟灑的：「不知周之夢為蝴蝶歟？蝴蝶之夢為周歟？」如此的物我相忘，可說是一位瀟灑大師了。

一個真正瀟灑的人應該是具有幽默感，對一切都無所謂的。譬如你穿上一件雪白的新衣外出，路上遇雨，一部汽車從你身旁急駛而過，濺了你一身泥漿。一般人可能會因此而暴跳如雷，生上幾天悶氣。可是，性格瀟灑的人就會攤開雙手自我解嘲：「噢！這些抽象派圖案挺別緻的嘛！」要不然，就說：「舊的不去，新的不來，我要再買一件更好看的。」生悶氣，於事無補；幽默一點、瀟灑一番，豈不皆大歡喜？

我雖然性格拘謹，不過在行為上也有一點點瀟灑的地方。居家的時候，我喜歡穿一件寬寬的布質舊洋裝，每次洗完手，就把濕漉漉的雙手擦在衣服上，乾淨俐落，省事極了。

說「話」

在朋友們的心目中，我是屬於「沉默是金」這一類型的人；其實，也不盡然。我之所以多數保持緘默，是因為自己口齒笨拙，在人多的場合，與其當眾獻醜，言多必失，倒不如三緘其口，洗耳恭聽別人的偉論。但是，如果跟三五友好在一起，可以所無顧忌、暢所欲言的時候，我也會不甘後人地踴躍發言。不幸，在這種搶著說話的場合中，我又往往因為中氣不足、聲音太小，無法出人頭地而成為沉默的一個，這就所以一直被人誤認為我不愛說話。

從搶著說話這回事使我想起從前一位旅英的女作家在十幾年前回國時所說的一些話。她說：她在英國時經常參加一些「母雞會」（「Hen Party」，即全是女性的聚會），參加的人全都是工作忙碌、內心寂寞的職業婦女，平日沒有機會傾吐胸中的積鬱，一旦置身於全是同性的場合，大家就都搶著說話，吱吱喳喳吵成一團，誰也不聽別人的，等於自說自話；但是，既然說了出來，也就等於發洩了。

聽了她的話，當時覺得很可笑；現在，卻也頗有同感。近年來，我所參加的「母雞會」不也是一樣的情形麼？有人絮絮地講述自己生病開刀的經過；有人滔滔不絕地誇耀自己的小孫女如何如何可愛；有人在詳盡地介紹自己節食減肥的方法；也有人得意洋洋地吹噓自己在花園中蒔花的好成績。每個人都有一肚子的話想告訴朋友；結果，也都變成了自說自話、各說各話。

古人說「文人相輕」，我認為這句話要修正。自從開始了我的筆墨生涯以後，我前前後後不知結識了多少文友。以文會友有一個好處，因為大家都是神交已久，所以往往一見如故，又怎會相輕呢？尤其是一些年齡相若，又都有兒有女，比較屬於賢妻良母型的女文友，相交久了，簡直是情同姊妹，無話不談。我常說我們這種朋友之間的談話是「意識流」式的，想到哪裡，就說到哪裡，有時簡直完全沒有連貫性，也毫無章法。譬如一個人說：「今天在新生報上看到××的一篇文章，寫得真好！」於是，另外一個人從××聯想到××的好友××，就說：「××到美國去了。」「真的嗎？她去做什麼？我下個月也要去哩！」於是，話題又轉到美國或者在美國的其他朋友身上去；有時，中間又被人岔開，談起了別的事情，然後話題又再轉移。就這樣，談鋒就像溪水一樣，潺潺而流，永不中斷。往往從晚飯前談起，談到午夜將近仍然談興猶濃，意猶未盡。

要不是每個人第二天都還有工作，每個人都有自己的家，談到通宵達旦，是絕對不必擔心會有冷場的。

在大庭廣眾中說一些冠冕堂皇的話，對我是一件苦事；知己三五，促膝長談，那卻是人生一樂。

才到用時方恨少

因為要給一位長輩寫信，想把字寫得端正一點；但是，由於從來不曾寫過正楷，字跡一向潦草有如鬼畫符，寫起來不免力不從心，看著就像小學生的字，不登大雅，不禁悲哀異常，覺得自己已經不可救藥。

看見商店窗櫥中的一束紙花，大大的花瓣，形狀簡單而富有現代感。見獵心喜，就買了一些做花的縐紙回家去依樣葫蘆一番。然而，我做出來的卻是四不像，醜劣異常，只好扔到字紙簍裡。

電視觀眾最善挑剔，他們往往會批評螢光幕上的人，這個話說得不得體，那個姿態不好看，這個歌聲難聽，那個的表演太差勁。但是，假如換了自己又如何呢？有很多事，看似容易，做起來卻很難。閩南人有句俗語：「看阿公呷雞腱」，雞腱人人會吃，可是，對一個沒有牙齒的阿公而言，卻不是容易的事。另外兩句成語說「書到用時方恨少，事非經過不知難」，現在我要把「書」的範圍擴大，把這句話改為「才到用時方恨少」，自己沒有那份本事，做起來就困難。

我的臉皮不夠厚，一向怕在人多的場合說話。經過多年的開會經驗，現在膽子比較大，不再那麼怯場了。然而由於缺乏口才，每當輪到自己開口，總是不能暢所欲言，說出來的，跟心裡想的竟不一樣，真是急死人了。一急就更說得不流利，只好三言兩語趕快結束。這就是我個人「才到用時方恨少」之三。之一是不會寫正楷字，字跡似塗鴉；之二是連簡單的紙花都不會做。

多年來，我對家中的飲食，只注重營養而不注重口味，三餐都盡量採取速簡方式。看見朋儕個個燒得一手好菜，不免有點慚愧。近來，也想改善一下自己的烹飪術。但是，一則怕熱，二則怕油煙，我不喜歡用大火炒菜；以至不是牛肉炒得太老，就是菜葉炒得變黃。做菜的時候不是這樣忘了加酒，就是那樣忘了放薑，燒出來的菜很少博得家人的讚賞，這是我個人「才到用時方恨少」之四。

我想畫畫，卻連基本的素描都畫不好；我想唱歌，卻沒有好嗓子，也常會走音；我喜歡種花，可是我種的花木都長得不茂盛；我喜歡從事刺繡、鈎針、編織等女紅，然而我卻有一雙笨手。我喜歡……卻……。

太悲哀了，百無一用是書生，才到用時方恨少。以前，以為自己懂得很多；如今，為什麼卻發現自己竟然什麼也不懂呢？

不過，「永不嫌遲」，既然有那麼多的野心、興趣，就從頭學起吧！活到老，學到老，在這個大千世界裡，值得去學的東西多著哪！

逛書店

有一天跟朋友約好在重慶南路會面，我因為先去辦了一件事，早到了大半個鐘頭，便利用這難得的空暇，去逛了一趟書店。

逛書店，是我自從上高小以後的重要嗜好之一。那時既沒有電視，電影院也不像今天這麼多，物質生活更遠不如現代的兒童與少年，所以，課餘之暇，大家都比較喜歡讀書。我記得：我在高小和初中的期間，市面上最流行廣益書局出版的銅版章回小說，售價又非常便宜。於是，我幾乎每天下了課都去逛一回書店，每次也必定抱回一兩種章回小說。「三國演義」、「水滸傳」、「紅樓夢」、「西遊記」……乃至「七俠五義」、「兒女英雄傳」等等通通都在那三四年間讀過，雖然不至廢寢忘餐；但是，過度的閱讀課外讀物，多少也會影響到功課。後來，父親開始干涉了，而我對章回小說的狂熱也過去了，高中以後，興趣就轉變到新文藝創作和翻譯的世界名著上面。

成年以後，固然始終沒有放棄讀書之樂；可是，對於逛書店的熱忱已大大減少。我很奇怪：小時候想買一本書，得向父母伸手要錢；現在，可以自己賺錢了，為什麼反而不再熱中買書呢？

我想：自覺不屬於那個環境是主要的原因。書店原是學生的天下，幾曾見過有成年人（尤其是中年以上的人）逛書店？我不是說成年人就不讀書，他們大概是需要某本書才去買，買了就走，不像年輕學生的那麼有閑情逸致，慢慢地挑，慢慢地看。所以，走過任何一間書店，所看見站在那裡翻書的，幾乎盡是學生。

再一個原因是怕熱。目前臺北市的書店雖然大多數有冷氣調節，可是冷度不夠，裡面悶熱不堪。夏天固然受不了，冬天裡走進去，因為身穿厚衣，也叫人吃不消。

我那天去逛書店，由於天氣不冷不熱，因此我進去的幾家書店都大開著門，沒有使用空氣調節機，因而比較涼快。可能是因為學校已經開了學的關係，書店家家生意清淡，門可羅雀，就跟現在的綢布莊一樣，店員反而比顧客多，我也因此而得免擁擠之苦。

逛了幾家，內容似乎大同小異。不是花花綠綠的時下流行作品，就是一窩蜂地盲從搶譯的美國暢銷書，想找出一兩本有份量有價值的書，竟是難乎其難。出版商只知賺錢，書店更是唯利是圖，叫讀者們又何從去選擇？

想真正享受到逛書店之樂，想在那茫茫書海裡發現珍貴的版本；有時，在舊書攤裡反而會找得到。

趕廟會式的旅遊

旅遊，新名詞曰「觀光」。顧名思義，應該是遊山玩水的意思。但是，絕大多數人並不如此。古人是「醉翁之意不在酒，在乎山水之間」，而今人則是「遊客之意不在山水，在乎飲食與購物之間」。我想：凡是參加過集體旅行的朋友，必有同感。

我們的同胞出入公共場所、看電影、吃喜酒，都喜歡帶著小孩子闔府光臨，既干擾秩序、妨礙別人，又佔人座位。這種損人不利己的行為，早已為「潔身自愛」者所詬病。如今，生活水準提高，大家也很熱中於旅遊；於是，「闔第光臨」的惡習，又帶到遊覽車上。

日前，我參加了一家旅行社的溪頭之旅。車上，帶孩子的客人不下五六家。這些小孩子雖然坐在父母膝上，可是，哭鬧起來，也會禍延鄰座。國人旅行本已愛吃喝，帶著孩子，就吃得更兇。一路上，只見他們一會兒汽水，一會兒甘蔗，一會兒茶葉蛋，一會兒又是粽子，似乎他們的肚子是個無底洞。每個座位後面雖然都有塑膠袋可盛廢物，在這群食客拼命製造垃圾之下，也是無法容納。又加以小孩子不懂事，於是，車上到處淋漓髒穢，變成了街頭的小食攤。

這一類的遊客，不但對吃有興趣，而且對沿途購物，也視為旅遊的最主要目標。每在一站停下來，大夥兒便像蝗蟲一般湧進商店裡搶購一番，大包小包的捧到車上。每次旅行，遊覽車的行李架上，去時大概每一個座位放一個小旅行包，剛好可以容納。等到歸程每個人的行李起碼增加三四倍，因而全車頓呈爆滿狀況，顯得擁擠不堪。其實，本省各觀光區的所謂特產品都是大同小異，在臺北也通通買得到，旅行必須行李簡單才玩得痛快，又何苦增加不必要的負擔呢？當然，到一個地方，買一些紀念品回家，是人之常情。要是像趕廟會似的大事購買，那就未免顯得本末倒置，有失觀光原義，而且也似乎太土氣了一點，像一輩子不曾出過門。

近年來本省觀光事業相當發達，一般人也已懂得旅遊是一項高尚的消遣。可是，大家都把出門旅行當作大吃大喝和趕廟會的機會，那就完全失去旅遊的宗旨。我真替寶島上的青山綠水叫屈，來了一批又一批的俗客，他們不但在美麗的大自然中製造髒亂，還帶來了都市的塵埃；他們不但不懂得山水的幽趣，反而在石頭和樹皮上刻字，大煞風景。觀光事業發展成為這種趕廟會式的局面，恐怕是大家始料所不及的吧？

花季遊陽明山

因為怕擠，已有十幾年沒有在花季上陽明山了。

今年花季的第三天，是星期一，友人邀去賞花，他們有自用汽車，不必排隊擠公車，就欣然答應。

那幾天天氣極佳，風和日麗，十足十是明媚的春光。早起閱報，知昨天陽明山後山公園裡萬頭鑽動、人比花多；仰德大道上大小車輛排成長龍，壅塞不能前進，心中直佩服這些不怕擠的遊客的勇氣。在這種情形下賞花，到底是享受還是受罪呢？從各觀光地區遊客日多這個現象看來，足以證明人口壓力日甚一日。我們的家庭計劃雖已推行了二十多年，但是只在都市的知識份子間收效。至於下層社會以及廣大農村，似乎還不大知道濫生子女的嚴重後果。我真擔心十年二十年之後人口的泛濫會到了什麼程度？

由於這天不是假日，陽明山上還不至十分擁擠，不過，用「遊人如織」來形容還是很適當的。遊人一多，環境衛生便發生問題。儘管公園中到處都是廢物箱，連舉手之勞都不肯做的人還是有。在比較偏僻的角落，樹下及草叢中，仍可以隨時發現果皮、塑膠袋和野餐的空紙盒，真不明白國人的公共道德何以低落若是？

也許因為花季才開始三天之故，櫻花還沒到盛放的時候。花季中的後山公園，除了穿梭不斷的紅男綠女之外，似乎與平時沒有兩樣。倒是滿山滿谷的紅白杜鵑花以及一些盛放的桃花，給予我不少美感。

櫻花有色無香，有花無葉，而且壽命短促，是薄命佳人的象徵，又是日本的國花。以我愚見，似乎不必由於櫻花的開落而訂為花季。本省現在已有不少梅樹，何不在陽明山上廣植梅樹，以為招徠？梅花是我們的國花，仙姿高潔，是歲寒三友之一。而疏影橫斜，暗香浮動的風韻，一向又是騷人墨客吟詠的絕佳題材。在陽明山改種梅花，不再以櫻花作號召，既可以避免引起日據時代的不快記憶，也可以使遊人在觀賞像雪海似的梅林之餘而興起故園之思，豈非一舉數得？

陽明山的名產桶柑今年豐收，味甜多汁，售價極為便宜，在菜市場有便宜到十元三斤的。但是，在陽明山上跟路邊的小販購買，卻要十元或八元一斤，這可說是明敲竹槓。於是我又不免發為奇想：假使在公園中闢一柑林，遊客進去自行採摘，可酌收費用。如此，既可解渴，又可享受到採擷之樂，相信定受歡迎的吧？

可以登高望遠，盡情的享受山上的清氣，又得以賞花觀瀑，陽明山的確是郊遊好去處。只希望常年都有花可看，大家不必擠在短短的花季中上去。

東行雜感

最近，跟一位失去音訊多年的鄉親聯絡上了。鄉親住在蘭陽平原的一個小村裡，來信邀我們一家去玩。

很久沒到東部去了，接到鄉親的信，就興致勃勃的在一個不算炎熱的星期日，乘火車出發。平日難得出一趟遠門，尤其難得坐火車。不巧的是，每坐火車必定碰到誤點。到底是自己運氣不好，還是火車經常脫班呢？記得去年十二月坐火車到礁溪，就碰到誤點三十五分鐘這一回事。這一次更離譜，遲了四十五分。本來預算十二時一刻可以到達宜蘭的，結果延到下午一時才抵埗。特快車上滿地垃圾，幾乎沒有地方落腳。坐這一趟火車，真是滿肚子怨氣。

從宜蘭再坐十幾分鐘的計程車便到了鄉親的家。門前，是一條新舖的其直如髮的柏油「大道」。路兩旁，是一望無際的稻田。除了他們一家，便沒有其他人家。路的盡道，穿過一個長滿灌木的沙洲就是海邊。啊！好廣闊的視野！好清新的空氣！好幽靜的環境！還沒有走進鄉親的家，我就對他的居處羨慕不已。

鄉親一家老小都出門相迎。因為這時已經將近一時半，略事寒暄，他就催我們入座吃午飯。盤中是他自己養的土雞、自己種的蔬菜、小溪裡釣上來的小魚，還有自己釀造的米酒。他那位山地夫人雖然不善烹飪，但是這種完全鄉村風味的菜餚，我們平日難得嚐到，也覺得別有滋味。遺憾的是，在這看似十分清潔的環境中，竟然群蠅亂飛，揮之不去。在日本、菲律賓等地霍亂流行的威脅中，使我們因此而食不甘味。而鄉親一家卻視若無睹，可能他們已習慣與蒼蠅共處了。

在鄉親家盤桓了半日，四時許，即搭金馬號公路車回臺北。金馬號準時開行，不免後悔上午何以要乘火車。當車子駛出郊外，壯觀的蘭陽平原景色便展露在車廂兩旁。稻子已經成熟了，放眼望去，無垠一片，青葱的是禾桿，黃褐的是稻子，宛如巨幅的錦繡。可惜今天沒有風，不然，起伏的稻浪，一定十分好看。

北宜公路是本省有名險峻的公路，但是景色也非常瑰麗。離開了蘭陽平原，車子便鑽進了萬山叢中，過了一山又一山，似乎永無止境。每當峰迴路轉，經過那些九曲十三彎的險路時，心中不免捏一把汗。偏偏有一些性急的司機好幾次都從後面超車，險中加險，忍不住要暗罵他們找死。

在宜蘭縣境內的都是長滿原始森林的高山，到了臺北縣境，景色便變得柔和一點。山谷裡流過一道清冽的石溪，有山也有水，於是，變成了露營者理想的園地。看著那些在青山綠水中紮營，手抱吉他坐在溪邊又彈又唱的年輕人就恨不得時光倒流，好讓自己能夠再享受一次這種青春的歡樂。現代的孩子也真幸福，生活安定，物質富裕，想要什麼就有什麼。不過，在太優裕的環境中也容易變得不懂稼穡艱難，進入社會後會吃不了苦、缺乏鬥志。這一點，是那些對子女有求必應的家長們所應該警惕的。

想著想著，車子已經離開青山綠水，進入市廛，我也回到塵寰裡。

訪舊

年前，我曾經到香港去過。這一次，我去的目的除了探親之外，並不在乎觀光與玩樂，而是希望去訪舊，去憑弔少年時的遺蹟。

珍珠港事變之前，我在香港住過五年，戰後也曾在那裡住過一個時期。所以，對香港的很多地方都有點瓜葛。儘管我不喜歡這個殖民地小島，但是卻不免對它有一股眷戀之情。尤其是對高中三年那段黃金歲月，更是沒齒也忘不了。

我在高中時上的是華英女中。華英女中是廣東佛山著名的教會學校，因戰亂而遷到香港，暫借灣仔軒尼詩道的循道會禮拜堂做校舍。到我們升上了高三，又搬到皇后大道東上面一條山路（路名忘記了）的西人循道會去上課。因此，我對這兩間循道會禮拜堂都有著深厚的感情。這次回港，主要就是要去看看那兩間禮拜堂。

且說，在那寒冷的歲暮，我獨自一個人從中環乘電車到灣仔。遠遠，便望見那座矗立在兩條馬路的相交點、三角形的紅磚禮拜堂——循道會。我跳下電車，跨過馬路，仰望那座已變得黝黑的磚牆，頓有隔世之感。然後，我又走了進去，像走進了夢中。裡面，有人在聚會，一切的佈置都與三十年前完全不同。而當年，我們是用布屏風分隔為一間間教室的啊！三十多年，世事，人事又有了多少變幻？

沿著電車路前進（這裡曾經印有我多少青春的足跡），不久，便到了我們曾經住了五年的克街。十二年前，父親已陪我去憑吊過一次，我本來還想再憑吊一次；誰知道，短短一條街道的兩列房屋全都拆除了。故居變成一堆瓦礫，對面已蓋了一間酒樓，現在剛好開幕，門口擺滿了花籃，也擠滿了看熱鬧的人，一道長長的爆竹馬上就要燃放了。

懷著悵惘的心情我走向山路上。但是，一切為什麼都變得異樣了。我找不到我從前每天經過那道兩旁長滿雜草的土階；我找不到那座小小的西人循道會禮拜堂；我甚至找不到禮拜堂後面那座小山。現在，呈現在我眼前的是一座座新蓋的十幾層大廈。舊時情景，已經蕩然無存。那份悵惘，那份失落，又比剛才離開循道會的紅磚教堂為甚。「訪舊半為鬼」，想不到，當年我們的同班同學尚在中年，大家依然健在，而校舍卻先我們而消失於這個塵世上，這又是誰能逆料的呢？

前幾天，唯一在臺的高中同學兩人來訪。三個人圍坐大談往事，不覺童心來復，共唱起昔日音樂老師教唱的幾首歌。儘管我們的嗓音已經不再清脆，歌詞也記得不完整；但是我們的心卻好像穿過時光隧道回到三十多年前的循道會禮拜堂去。

勒馬洲的憑弔──旅港紀遊之一

遠在十幾年前，我到過金門；八年前到過韓國的板門店；世界上著名的自由與極權的分界線，我有幸到過兩處。最近，我到香港探親，得以有機會到新界的勒馬洲去了一趟，又多看了一處鐵幕的邊沿。

位於九龍半島北端，與中國大陸接壤的新界，面積廣大，其中包括了屯門（舊名青山）、元朗、錦田、粉嶺、大埔、沙田等衛星城市，從前我已遊過多次；但是，這次是專程為了眺望大陸而來，心情自是不同。以往那幾次，純粹為了玩，心情是輕鬆的；這次，卻是負荷了去國懷鄉之痛。

一個上午，友人駕著自用汽車，載著我們一行四人從九龍尖沙咀出發，經屯門、元朗，向北駛進一條綠蔭夾道的公路，不久即抵勒馬洲。這裡只是一座小小的山丘，因為可以遙望大陸而成為觀光區。山丘上除了一座涼亭、一個停車場、一間洗手間、幾個出售紀念品的攤子以外，可說什麼也沒有，然而，不同國籍的觀光客卻紛至沓來，可見深垂的鐵幕是如何引起世人的關懷。

從山丘上往北望，可以看到在大片水田中有一條彎彎曲曲的河流蜿蜒經過，河邊林木茂密，河的兩邊各有些小屋。這條小小的河流就是著名的深圳河，也就是中國大陸和香港政府的陰陽分界線。同樣的土地，也同是黃帝的子孫；然而，僅僅一水之隔，他們所呼吸的空氣卻是不同的。在河之北岸的人已失去了二十九年的自由，這是多麼可悲的一回事！

南國的土地是肥沃的，那一大片水田，青葱翠綠，據說有時也可以看到北岸的水田有人在耕種。不過，我去的時候卻是空無一人。這裡跟韓國的板門店有點相似，板門店也是以一條小河和北韓分界的。

水田的後面是一列遠山，山後便是我的故鄉了。啊！家在山那邊，你可知你的子弟飄泊江湖三十年，兩鬢都已星霜？你又可知你的兒女對你魂牽夢縈的思念？

一條小河，一片水田，本來是沒有什麼可看，然而我卻是徘徊不能去。等是有家歸不得，北望神州，神州已死，我們這些偷生海隅的孤臣孽子，又能不黯然？

因為還有別的事，我們不得不在午前離去。原來是大晴天的，這時，忽然烏雲密佈雷聲隆隆，不一會兒，就下起大雨來。老天似乎也知道我們的心情惡劣吧？

板門店、金門、勒馬洲，還有西柏林的布蘭登堡，這些個陰陽的分界線，都是令人神傷的。什麼時候，這些地名都成為歷史名詞，這個世界就再也沒有人被奴役，這個世界就再也沒有不自由了。

「遊船河」——旅港紀遊之二

「遊車河」是粵語，意即坐車兜風；準此，「遊船河」者，坐船兜風是也。香港蕞爾小島，即使加上九龍、新界和一些離島，可玩的地方並不多，乘船環繞港島一週，遊兩小時半的「船河」，實在是炎炎夏日中最佳的消暑方法之一。

這種名為「環島暢遊」的旅遊，是香港油蔴地小輪船公司主辦的，所以也在統一碼頭出發。這座碼頭古老而落伍，設備簡陋。夏天又值旅遊旺季，遊客特別多，大家排長龍進入，輪到我們時，有冷氣設備的頭等票已賣光，只好求其次。進了碼頭，本來排得很整齊的長龍便消失了，所有的人都擠在閘口，希望能夠捷足先登，搶個好位子。本來是出來享樂的，卻弄得像逃難似地狼狽不堪，真是何苦！

這種遊覽輪船比過海的渡輪大得多，最上層是冷氣間，也就是頭等。第二、三層是二等，我們選擇了最下層，因為比較涼快。果然，船開以後，習習海風迎面吹來，暑氣全消。關在上層冷氣間的乘客又哪有這種福氣？

輪船從統一碼頭向東沿岸行駛，經過了灣仔、北角、西灣河和筲箕灣便到了鯉魚門，這是香港海運的大門。出了鯉魚門向南行，漸漸走到香港的背後，也遠遠望見了太平洋的海水。港島的背後港灣很多，也遠遠的離開了市區。輪船來到赤柱灣時，曾經停泊了一會兒，因為這裡有一座著名的赤柱監獄。遠遠望去，是一棟相當美觀的方形黃色建築物。

再過去，便是香港的避暑勝地淺水灣，船又停了下來。半山上，一棟棟巍峨而堂皇的高樓大廈；海灘上，是萬頭鑽動的弄潮兒。要是有錢而又有閑，到這裡的觀光旅館住個十天八天，欣賞欣賞碧波綠水，那是非常寫意的。特地從市區乘坐公車到這裡泡在海水與眾同樂，卻似乎有點划不來哩！

過了淺水灣和深水灣，就是成立了才一年多的海洋公園，由於它的居高臨下，我們在船上只能看到一部接一部、緩緩而行的架空纜車而已。

再向西行，到了香港仔，這是香港人吃海鮮的地方。岸畔停泊著一百幾十艘舊式漁船，倒是有點漁村風味。較遠處停泊著一艘海上飯店，裝潢得大紅大綠，金碧輝煌而俗不可耐，無非是騙騙外國遊客的玩藝兒而已。

離開香港仔，經過華富新邨向北行駛，不久，我們又回到香港的正面。船是下午兩點半出發的，五點回到市區。只花了三塊錢的票價，即可遊半天「船河」，盡量享受海風的吹拂，同時又可以了解香港的地理形勢，可說是最便宜而又有意義的一種消遣吧？

海洋公園一瞥——旅港紀遊之三

號稱擁有世界最大的海洋水族館的香港海洋公園，如今是到香港去觀光的人必遊之地。但是，據到過美國聖地牙哥海洋公園的人說：香港這座海洋公園跟聖地牙哥的相比，還是小巫大巫之別。不過，無論如何，既然不曾去過，還是去逛一逛的好。

從香港市區到位於黃竹坑的海洋公園，有巴士可以直達，大約要走將近一小時的車程。下了車，視野非常廣闊，抬頭一眼即可以望見一座林木青葱的小山，在半山上有淺綠色的草種出一隻巨大的海馬的形狀，這整個山和山下的公園，就是海洋公園的所在地，海馬就是它的標記。

入場券每人港幣十五元，包括了乘坐纜車和欣賞各種表演的費用，假使只在山下的公園中遊玩，只要五元就行。空中纜車內設六個座位，但是並不限制坐滿六個人，一個人也可以坐一部。因為這些纜車是循環式的，一直穿梭不絕，每小時可載運五千名乘客，即使遇到星期假日遊客大排長龍，也不需久候。

搭乘纜車到了山上，可參觀海濤館、水族館和海洋劇場。海濤館內有由人工製造波瀾起伏的水池，四周是人造的岩石，讓水池中的海象、海豹和企鵝可以享受到自然的環境。水族館共有四層，越往下越是深海，遊客透過玻璃可以清楚地看到水中生物的種種動態。海洋劇場是海豚和海豹的表演，這種玩藝兒我看過多次，已不感新奇。倒是那個主持節目的青年人，一句粵語一句英語的，口才相當流利，雖說每次說的話都相同，就像放錄音帶一樣，可也不容易啊！

欣賞完山頂的海洋風光，我們又回到山下的公園去。憑良心說，假使不是烈日當空，熱得難受，我覺得山下比山上更吸引我。因為山下就是一個大花園，繁花遍地，綠草如茵，又有小橋、流水、涼亭、花棚和人工瀑布，景色相當美麗。可惜所種的樹太小，尚未成蔭。期之五年以後，當又是一番佳景。

海洋公園給予我的好感是非常整潔。到處都有廢物箱和收拾得很衛生清潔的洗手間，也到處買得冷飲，使得遊客感到十分方便。嚴格的說，海洋公園雖不算十分好玩，但也不失為一個有益身心的娛樂場所。反觀我們臺灣，觀光勝地不算少，卻往往弄得商業氣息太重。賣紀念品的、賣飲食的、照相的商人把遊客糾纏不休。環境衛生又往往被一些沒有公德心的遊客破壞；洗手間一定要收錢，而且骯髒不潔。有了這種種缺點，又怎能吸引外國遊客？香港的海洋公園，也許可以給我們作一個借鑑吧？

大嶼山之行——旅港紀遊之四

香港半島和九龍半島的面積都非常小，可是卻有面積廣大的新界可以建設為衛星城市，還有無數離島可以發展為觀光或避暑勝地。在所有離島中，以大嶼山的面積最大，港九兩地加起來還不到它的一半。

大嶼山位於港島的正西方，原名爛頭島，以其名不雅，故改現名。從香港的統一碼頭乘船須一小時餘始到達。那天，親友一行共八人於上午十時半從統一碼頭坐船前往，抵達時已將近正午。我們先在碼頭附近臨海的露店吃午飯。這些露店，因陋就簡，菜餚口味亦差，但生意奇佳，這完全是由於得地利之故。

從碼頭向北行，有一處沙灘名叫梅窩，因為水清沙潔，吸引了無數中外弄潮兒。這些人都是從香港來的，香港地狹人稠，消暑戲水的地方太少，所以樂水的智者們只好捨近圖遠，另謀發展。

我們是樂山者，在沙灘上散步了一會兒即回碼頭搭巴士上山。路真遠，走了一個小時才到半山，這時，又要下來換乘一種小型的巴士，等了相當久才等到，上得山來，已是午後二時許。

大嶼山上，以一座寶蓮寺聞名，據說是觀光客必遊之地，我從前居港多年，尚未來過。這次，迢迢遠道，沐暑前來，卻是大失所望。一座普普通通、商業氣息頗濃的寺廟，論法相莊嚴，遠不及從前大陸的古剎，論金碧輝煌，又比不上我們的指南宮。在花園中走了一轉，大家都有乘興而來、敗興而返之感。一想到交通這樣不便，路上起碼要花兩個多鐘頭，我們遂一致決定不如歸去。

搭乘下山小巴士的站上已大排長龍，這些小巴士每輛只載客二十人，又不准站立，要多久才輪到我們啊？果然，這一站就是四十五分鐘，出來大半天，大家都逛得相當累了，這時還要罰站，不是花錢找罪受是甚麼？

好不容易下了山，搭上駛回香港的小輪，大家都已像敗軍之將那樣又疲憊又狼狽。七時回到香港，在館子中晚飯時，大家相對苦笑，互問還敢不敢上大嶼山去，居然沒有人點頭。

憑良心說，大嶼山空氣清新，風景幽美，的確是個旅遊勝地。坐在車上時，看到藍天白雲、碧波萬頃，更是令人有出塵之想。可惜就是交通太不方便，若能改善登山的交通工具，或者在山上過一夜，我相信那樣就不至回來後大家都口出怨言了。

山頂公園——旅港紀遊之五

在香港本島的市區中，最近的、可以接觸到大自然的地方，除了植物公園（舊稱兵頭花園）外，恐怕就算山頂公園了。

到山頂公園，可以搭乘巴士，也可以搭乘纜車。山頂纜車車站就在植物公園旁邊，車次很多，行車大約十分鐘就可以到達山頂，非常方便。這種纜車，還是數十年前的老古董，木頭的硬板櫈，上山時頭都得向後仰而沒有任何支持，頗不舒服，還好路程短，也就無所謂。

山頂公園我在五六年前去過一次，這次重來，景象已是完全不同。一走出纜車車站，就是一間大廈的底層，上面便是商場和餐廳。這就是新建的Peak Tower（山頂之塔）。

走出大廈，就是一條大馬路。馬路對面那間頗有歐洲風味的花園式小餐室還在，當年我很欣賞它的情調，現在還就一樣，可見自己的興趣仍未改變。我記得：那年弟弟妹妹們陪我來玩，是往右走，走向山的最高處，在那裡，有涼亭供人休息、納涼和看海。這一次，他們主張環繞山路一週，最後還回到大廈的樓上吃午餐休息。

於是我們向前沿著環山道路而行。右邊是山壁，左邊就是大海。艷陽之下，只見萬頃碧波都在眼前；有時，可以看見山腰上一些屋宇；有時，可以看見海上的白帆；有時，可以看到海中的一些小島嶼；有時，甚麼也沒有，只有藍天和大海。景色變幻萬千，雖是海景，卻是毫不單調。我們一面走，一面談笑，一面拍照；路旁都有大樹遮蔭，倒也不覺得累。

走了快一個鐘頭，終點仍然毫無踪影，大家的腳下便不像剛才那麼輕快了。「不是說一個鐘頭就可以走完了嗎？」有人開始抱怨了。「快了！快了！你們稍安毋躁！」以識途老馬自居的弟弟說。

果然，轉一個彎，大海失踪了，山腳下又是高樓櫛比的市區，我們已在山頂上環繞一週，從香港的背後又回到前面來，圓形的Peak Tower已在望。

這時，大家真的又渴又累，走到Peak Tower的四樓「爐峰茶樓」去吃午飯，每個人都連喝七八杯茶才解渴。如此牛飲，生平尚屬少見。

這座山頂之塔中的茶樓，居高臨下，視野極佳，所以食客常滿。若論點心，只是平平；若論設備，更是只能算中下。但是，它在山頂是獨家生意，當然是座無虛設！

午飯後，到三樓的一家書店及二樓的手工藝店逛了一趟，所有貨物的價錢都比山下貴得多。我不知道有沒有人會笨得在這種地方買東西。不過，假使人人都像我這樣精打細算，又有誰敢在觀光地區開店呢？

痛恨贗品

幾年前第一次到外雙溪公園去玩時，就對它的假感到十分失望。假的竹籬、假的樹幹、假的茅頂、假的山洞，泥水匠的手工是那麼粗劣，色彩又是那麼庸俗，一看便知道是贗品，真是叫人受不了。

想不到，如今這些水泥做成的竹子和樹幹竟然大大「流行」起來。陽明公園、青年公園、林森公園……到處都用它們做裝飾，使得這些公園呈現出一種低俗的格調，多麼可惜！這些贗品的竹子和樹幹，要是做得幾可亂真，倒也罷了。無奈實在假得離了譜，看來就像是舞臺上粗製濫造的道具，又怎能登得大雅呢？

我生平最痛恨贗品。那些戴假髮和假睫毛、面孔和身段都經過人工改造的影、歌星或模特兒之輩，我是怎樣也不會覺得她們美麗的。反之，一個全無修飾，毫不打扮的健康少女，我往往從她的可愛的笑容中看得出青春的光彩。

本省因為瓷器的價格略貴，於是就有腦筋靈活的商人用塑膠製造出像瓷器一樣的碗、盤、杯子和湯匙。但是，無論做得多麼像，看起來都還是塑膠的東西，多麼的令人倒胃口！

塑膠花，也是很多人所痛恨的。花有色也有香，最重要的是它們有生命。而機器大批製造出來的塑膠花卻是有色無香、面目呆滯、毫無生氣，只是略略具有花的輪廓而沒有花的靈魂，除了價廉和不會凋謝之外，可說一無可取。

紙花、雞毛花、木片花、絨線花……通通都是四不像的、令人無法忍受的假花。在假花之中，只有緞帶花比較具有真實感和美感；不過，到底是假的，也難以表現出花的神韻。

一些蠟製的（如今多數用塑膠製）水果，雖然有些做得相當神似；但是，仍然看得出是假的。就算可以亂真吧，當你知道它其實是胸無一物，虛有其表，只能望梅止渴時，那才令人懊惱與失望。

假山、假畫、假玉、假皮……多麼令人掃興的模仿，製造假藥、假酒、假鈔票，那更是傷天害理的非法勾當！

偽君子、偽善、偽組織，又是多麼令人痛恨的事物！

我痛恨一切假的東西，不論是吃的、穿的、用的、看的、做的，凡是不是真的，我都感到不能忍受。我是個崇尚自然的人，一切都要求符合真善美。今人恃著科學昌明，妄想用人工製造種種自然的代用品，自以為巧奪天工；美則美矣，善則善矣，可惜卻不真。而且，又無法賦予生命，這一點起碼是無法克服的。如今，傳說歐洲方面已真能製造出試管嬰兒，這種「不循正道」出生的嬰兒，不知該算不算是假人？

白髮與老花眼

白髮與老花眼，是一個人在生理上老化的一種過程，也是一個人進入哀樂中年的標記。不過，這也有例外。有些人在三十幾歲便滿頭華髮；有些人到了七八十歲仍不須借助於老花眼鏡。在寶島，不知是否由於水土的關係，不但少年白的人特別多，不到四十就兩鬢星霜的人也比比皆是。要是想從頭上白髮的多少來判斷一個人的年齡，一定會失之子羽。更何況如今染髮之風盛行，滿頭烏絲的人，未必就是春秋鼎盛？

大概每個發現自己有了白髮的人，最初的反應都是傷感與痛恨。傷感的是自己老了；痛恨的是白髮顯露了自己的年齡。於是，一看見白髮就拔。但是，白髮卻像是離離的原上草，拔不勝拔，拔了又生。假使你真想跟白髮作長期抗戰，說不定有一天就會變成禿子。

還好，白髮似有隱惡揚善的美德，而且不喜歡鋒芒外露。它們往往躲在黑髮的下面，給予主人以偽裝的機會。因此，倒也從來不曾聽過有誰因為拔白髮而變成禿子。

今天，各式各樣的染髮劑隨處可以買得到，假髮也很便宜。有誰不喜歡自己滿頭白髮，儘可以把它染得烏黑。要不然買一頂假髮戴上，亦可以天衣無縫。

不過，銀髮是老年人的冠冕。到了該有白髮時候就讓它白吧！滿頭閃亮的銀髮反而顯出了老年的尊嚴哩！

童年讀韓愈「祭十二郎文」，讀到「吾年未四十，而視茫茫，而髮蒼蒼，而齒牙動搖。」那時覺得四十歲已經很老，就把他想成一個彎腰駝背、癟嘴無牙的糟老頭。如今看來，四十歲尚未進入中年（還可以當選傑出青年哩！），就如此老態畢現，那的確是夠可憐的。那個時代又還沒有老花眼鏡的發明，人類壽命也比現在短得多。大概每個人一到了四十歲就得當老公老婆婆了。

老花眼和近視眼最大的不同之點就是：老花眼只能看遠而不能看近；近視眼卻只能看近而不能看遠。當你看見一個人在看書時把書拿得遠遠的，那麼他不是遠視眼就是老花眼。

老花眼鏡有放大作用。還沒有戴上老花眼鏡以前，看到身旁的東西都是模模糊糊的，正如杜甫的詩「老年花似霧中看」那樣。一旦戴上老花眼鏡，不但會很驚奇的發現：書報上的鉛字印得那麼清晰；而且還會發現自己的毛孔那麼粗（經過眼鏡的放大）；杯中的開水是那麼混濁；本來以為很清潔的桌面原來沾著點點灰塵。老花眼雖然使得你視茫茫；可是只要配一副度數合適的老花眼鏡，你便可明察秋毫了。

愛美不要命

女人愛美愛得不要命，可說自古已然。譬如「楚王好細腰，宮中皆餓死」；譬如纏足之流行，少女寧願痛苦一生，也要把雙足纏成金蓮三寸；又譬如十九世紀的歐洲婦女，競以鐵箍束腰，弄到人人得了胃病；又譬如現代流行高跟鞋，醫生警告說穿高跟鞋可導致子宮前傾，但是趨時者照穿不誤。

女性為美而犧牲的精神，真是令人肅然起敬。

不久以前，美國的報章雜誌紛紛報導：許多染髮劑中都含有可能致癌的化學成份。據說：淺色的染髮劑如金黃、紅、褐色不含那種可怕的4MMPD；但是東方人以及髮色較深的西方人所用的染髮劑中卻含有。

照理，大家看到了這個消息，應該提高警覺，從此停用染髮劑了吧？事實上，絕大部分的人照樣使用。

根據統計，全美國婦女三個女人中就有一個人使用染髮劑。她們表示：在蒼老與癌症之間，她們寧願冒得到癌症的危險，因為她們不能忍受滿頭白髮的老相。她們也承認這是虛榮心理在作祟，只是愛美心切，決心不顧後果。

在我們的社會裡，染髮也流行了多年。尤其是在上流社會裡，即使是七八十歲的老先生老太太，也很少看到白髮蕭蕭的外表，難道每個人都駐顏有術，永保青春？不，那完全是染髮劑之功。

其實，染過的頭髮是絕對可以看得出來的。第一：染髮後沒有光澤。第二：染髮劑的黑色太深，不太像天然髮色。假使一個四五十歲的中年人的髮色仍然是濃濃的烏黑，那麼他的頭髮十之八九是染的。第三：染過的頭髮褪色後會現出紅褐色，頗不雅觀。第四：無論頭髮染得如何高明，新長出來的頭髮仍然是白色的。即使染得一頭濃黑的頭髮，一不小心，額前鬢邊便現出一小圈白色，馬腳盡露。

一個人到了相當年紀，容貌自然開始衰老。一副衰老、鬆弛的臉龐，罩以一頭華髮，本是極其相配的。「鶴髮童顏」，到底是罕有的現象。現代人妄想巧奪天工，延遲生理上的老化，既拉面皮，又染黑白髮；但是，拉面皮既要飽受痛苦，又不能永久保險，染髮又會皮膚過敏以及得癌症的危險，實在是未見其利，先蒙其害。

以我這個不合時宜，冥頑不靈的人看來，面容衰老而滿頭黑髮，並不見得有甚麼美。反之，銀髮是老年人的冠冕，一頭閃亮的銀髮，滿臉慈祥，那才是令人肅然起敬的長者風範。

但是，有誰不愛美？有誰不愛年輕？既然一瓶染髮劑可以使人回復青春，癌症的威脅其又奈我何？

風度與氣質

「蘇小風姿迷下蔡，馬卿才調似臨邛」，每次讀到溫庭筠這兩句詩，眼前便立刻幻想出一位風華絕世、儀態萬千的古代佳人。在這兩句詩中，詩人溫飛卿並沒有使用任何形容詞，只是，「風姿」這個名詞加上一個「迷」字，就足以令到千百年後的讀者為他筆下的美女神魂顛倒了。

中國文字的妙就妙在這裡。與「風姿」相近的名詞就不下七八個之多。除了「風華」外，像「風致」、「風韻」、「風神」、「風采」、「風儀」、「風度」等等，意義都差不多，但是也都有個別的用法。一般說到「風華」，下面一定加上「絕代」兩個字；說「風致」，必定「嫣然」；「風韻」，多說「秀徹」；「風神」每與「俊逸」相連；「風采」都曰：「迷人」；「風儀」就說「華潤」；「風度」必定連著「翩翩」。

在恁許多「風」之中，在現代人的口語裡，「風度」是使用得最多的一種。常常聽見人說：「××風度很好。」這個「風度」，多數指的是君子之風，也有著稱讚這個人應付事物得體，態度磊落大方的意思。反之，要是有一個人在公共場合中表現惡劣，大家就會說這個人「一點風度也沒有」。

「風度」，有時也指一個人的外表。譬如一位梳著髮髻、穿著旗袍、態度從容、談吐斯文的女士，不論她年齡多大、面貌也不一定姣好，她給予別人的印象就是「風度高雅」。

另外還有一個名詞很容易與「風度」混淆的，那就是「氣質」。不過，其中也略有不同之處。「風度」似乎屬於年齡較長之人，而一個人的「氣質」卻是不受年齡的限制。

我們說一個人的風度好，而那個人必定是無論年齡或心智都已趨成熟。甚麼時候聽人說過一個黃毛丫頭或者年輕小伙子風度好呢？

對於比較年輕的人，我們只能說他們氣質好。

年輕人的氣質取決於他們的家庭環境、教育程度以及個人的修養。出身於書香門第、教育程度高、學有所長的青年人，他們的氣質自然比那些父母教育程度低、自己又讀書不多的人好。要是他們能夠一直保有這種良好的氣質，再加上後來培養出來的高尚趣味，到了中年，自然會變成風度翩翩的人物。要是不幸在青年時代沒有薰陶到良好的氣質，在成年以後只要不斷地讀書，不斷地充實自己，改善自己的脾氣，多多學習各種美德，在不知不覺間，你的氣質就會脫胎換骨，變了另外一個人。

今日的社會，大家都只崇尚外表的美，使得化妝品、時裝、整形外科大行其道，而沒有人想到內心的美化應該比外在皮相之美更重要。須知皮相之美會隨青春消逝，內心的美卻是持久不變，可以蘊諸內而形於外的。一個人風度與氣質的良好，正是內心美的表現啊！

一髮似車輪

心胸狹窄，不能容物，是一般人的通病，而尤以女性較為易犯。因為就一般而言，女性的生活天地較小，精神無所寄托，便不免會鑽牛角尖，把雞毛蒜皮、芝麻綠豆的小事當作了不得，小題大作起來。

某某人我知道她是屬狗的，比我大三歲，她居然跟別人說我是她的學姊，真氣人！

某某人明明只有一五八公分高，在人前居然號稱一六〇，又故意說我比她矮。叫她脫下三吋高跟鞋來比比看。

某某人老是吹牛說她女兒在美國唸書成績多好多好，有誰不知道她女兒上的是美國南方的末流大學，而且還是自費去的，有什麼了不起？

某某居然升等了，職位比我還高。其實，論學歷、論資格，他怎比得上我？主管真是不公平！

某某人現在自己開汽車了。哼！暴發戶！臭美什麼？半年前她還不是跟我們一樣天天擠公車？

某某人越來越年輕漂亮了，她的一張放大彩色照還掛在一家著名的照相館裡哩！哼！她是美過容的呀！你以為她是天生的美人胎子？

見不得別人比自己強，是心胸狹窄的人最常有的心理。一看到別人勝過自己，就非得想辦法超過別人才行。這種心理，說得好聽是有競爭心和進取心，說得不好聽就是眼紅別人，忌妒心重。

偶讀明人洪自誠的「菜根譚」，其中有兩句「心曠則萬鐘如瓦缶，心隘則一髮似車輪」，不禁為之感慨不已。世間上有幾個人能視萬鐘如瓦缶呢？我們應該開拓胸襟，最好能夠做到「宰相肚內好撐船」，這道理說來容易，要做得到則很難，因為這非有很深的修養不可。絕大多數的人都是心中不能容物，一髮巨似車輪的啊！

心中不能容物，則忌妒、憎恨、自怨、自艾、怨天尤人種種不健康的心理都由此孳生，而犯了佛家所說「貪、嗔、痴」中的「嗔」了。

要是不希望這種種不健康的心理腐蝕自己，就唯有盡量開拓自己的心胸，擴展人生的境界，以避免被種種不值得計較的小事傷神。多讀書是一個方法。讀書可以明理，明理則可辨是非了。多與藝術親近又是一個方法。欣賞藝術可以美化人生、美化心靈；一個生命中和性靈中都充滿了美的人，哪裡還會跟別人斤斤較短長呢？盡量使自己忙碌又是一法。整天忙於事業、忙於進修、忙於運動，極力使自己心身都不至投閑置散；如此，又哪裡有空去忌妒別人呢？

但願人人都視萬鐘如瓦缶，心胸開闊，笑口常開。那麼，我們的社會將是祥和一片了。

吃虧又何妨！

大概我是天生沒有脾氣的性格，從小到現在，都是一個別人心目中可以欺其方的君子，也是個有求必應的好好先生。我從來不與人爭，一切聽其自然，逆來則順受，吃虧是常事。

記得當年在高中畢業典禮上，大家排隊上臺去領文憑，到了第十三號，就你推我讓，沒有人肯上去。我看不慣她們那種自私的作風和愚昧的洋迷信，就抱著「我不入地獄誰入地獄」的心情，毅然挺身而出，填補那個沒有人要的「空缺」。事實證明，我並沒有因為排在十三號而遭遇不幸，從那時到現在，我的命運雖然不算很好；但是，比起那些身陷大陸的同學，到底又是誰不幸呢？

成年以後，進入社會，在工作上所吃的虧更是數不勝數。我常常這樣想：對一份工作，假使你認為太忙碌太吃力、待遇太低，或者遭受歧視；總之，你要是對它不滿意，另謀高就可也，吃一點虧又何妨呢？若是你需要它，最好就默默幹下去，怨天尤人又有何用？

對名及利，一般人都是用盡心機去鑽營；我不是自鳴清高，也不是自詡淡泊，只因為不喜歡與人爭，所以從不主動去爭取。我覺得無論想得到什麼，都一定得付出相當的代價；要是這代價大於你所獲得的，豈不是得不償失？假如你沒有付出，當然就沒有收穫，但是，這樣你並沒有損失呀！譬如擠車，那些要搶先的，都得使出九牛二虎之力；不去擠的人，固然得不到座位，也許甚至搭不上；然而，他卻沒有消耗體力，又哪裡吃虧呢？

最近，有一家出版社想出版我一本翻譯的長篇小說，起初他嫌字數太多，希望我刪短一點。因為他已聲明一定出版，條件也談妥了，我就真的花了兩個星期的時間去刪。結果，他又以小說背景已經失去時代性為藉口而食言。為了想出版這部小說，拖了幾個月功夫，又花了我不少時間，可以算是賠了夫人又折兵，吃盡大虧了吧？然而，我並沒有因此而跟那家出版社爭執。不守信用，是他人格上的污點。他不想要，爭也沒用。我大大方方地把稿子收回，兩人和和氣氣而散。我是吃了虧，但是他也毀壞了自己的信譽，算是彼此扯平。

年來學著讀「莊子」，越讀越覺得胸中恬淡，得失之心全無。世間一切，真真假假，虛虛實實，實在不值得傷腦筋。「故合者不為駢，而枝者不為跂，長者不為有餘，短者不為不足」，一旦領悟了這個道理，又有什麼叫做吃虧呢？「塞翁失馬，焉知非福」，就算真是吃了虧，也不妨當做上了社會一課。「上當學乖」，這是最通俗的，也是最豁達的人生哲學啊！

我的座右銘

我相信，每個人都有自己信奉不渝的座右銘。這些座右銘，有從書本上看來的；有從父兄、師長的訓誨中聽來的，多數在少年時代便已開始信奉。

我在小學五六年級的時候就沉迷於古代的章回小說。我不像一般女孩子那樣喜歡「紅樓夢」或「西廂記」，卻特別傾心於「三國演義」和「水滸傳」，對這兩部小說中的英雄豪傑，簡直佩服得五體投地。因而，諸葛武侯的兩句名言：「淡泊以明志，寧靜而致遠」，就成為我最早的座右銘。其實，一個十一二歲的孩子哪懂得什麼叫淡泊和寧靜呢？還好，數十年來，此心不渝，到目前為止，我的為人處事，倒也一直沒有違背「淡泊」與「寧靜」的原則。

少女時代，有一天和同學去郊遊，無意中看到一副掛在涼亭門口的楹聯。上聯是：「忍片時風平浪靜」，下聯是：「退一步海闊天空」。那個時代，我生性急躁、脾氣很壞，這兩句看似平凡，實含真理的話，不啻給予我一記當頭棒喝，啟示很深。從此以後，我又把這兩句話加入作為我的座右銘，而且隨時不忘對人忍讓，漸漸地我的脾氣也變好了很多。

幾年前，我偶然在一本雜誌中看見了一則翻譯的愛爾蘭禱告詞：「你愛生命嗎？那麼別浪費時間。運用時間去工作——這是成功的代價；費點時間去思索——這是力量的泉源；花點時間去遊戲——這是青春永駐的祕密；抽出時間來閱讀——這是智慧的基礎；勻出時間來對人友好——這是快樂的大道；要些時間來夢想——可使你挾泰山以超北海；找出時間去愛人和被愛——這是上蒼的特典；尋些時間放眼四顧——這是通向無私的捷徑；用些時間放聲大笑——這是靈魂的音樂。」那些美麗而饒有深意的辭句，立刻打動了我的心。我馬上檢討我自己，有沒有浪費時間？是否熱愛生命？我有工作，有思索，有遊戲，有閱讀，有夢想，我經常對人友好，有被我所愛的人，有時也會放聲大笑；但是，「放眼四顧」卻不夠，我的見聞不廣，我關心的事物不夠多，要不是看到了這首禱告詞，我還對自己的短處懵然無知哩！

這是多麼睿智深思的一篇祈禱文，它不單只適用於愛爾蘭，也通用於全世界；於是，我又選用它作為我最新的座右銘。我要淡泊、寧靜、忍讓，還要珍惜時間，熱愛生命。從童年到現在，這三種座右銘曾經給予我多少幫助啊！

以後，我還看到聽到什麼足以使我警惕的格言或名句，那是無法逆料的。說不定，到了我銀髮滿頭，只能坐在爐邊回憶往事時，我的座右銘又不知道增加了多少則。人，本來就是活到老學到老；雖然老得不能動了，一些珍貴的座右銘還是可以作為自己做人處事的指南針的。

扭轉奢靡的頹風

近年來，一打開報紙就有這樣的感覺：商業廣告何其多也！而且，從那些商業廣告中，正反映出一個現象，我們的社會風氣是越來越奢靡了。

國人好吃，所以我們的餐飲業一向是一枝獨秀，如今，我們的高級餐館更是五步一樓、十步一閣。不但菜式推陳出新，而在裝潢佈置方面也極盡豪華的能事。儘管一桌酒席，動輒數千元，卻是家家座上客滿，價錢越貴越有人光顧。

中國菜吃厭了，於是，法式大餐、美式食品就大行其道。有些商人更是無恥地模仿外國的商標，企圖魚目混珠，這不但有損國譽，還會影響到外人對我們的觀感的。

女人愛美是天性，從報上的廣告中，我們又可以看得出一般女性是如何的捨得為了美容而花錢。使用化妝品，即使是昂貴的舶來品——來美容，已經是最老式的方法了。去減肥、整容、換膚，那才跟得上時代。君不見報紙廣告上所刊登歐美學成歸來的美容專家，似乎都是巧奪天工的能手，只要肯花錢，這個世界上將無醜女。

進口的電冰箱、電視機、冷氣機、歐式家具、長毛地毯、鋼琴、電子琴、義大利的掛氈、英國壁紙、羅馬磁磚……沒有這些設備，公館又怎夠豪華？

生活水準提高，擁有一部自用汽車已算不了什麼。正因為如此，喜歡擺派頭的人就要講究汽車的牌子。前一陣聽說要開放世界上最豪華的汽車——英國的Rolls Royce進口，一部就要新臺幣一千多萬元。後來此說取消了，可能有些人會感到失望吧？

一般人拼命去滿足感官的享受，女性只追求漂亮的外表而不再注意美的內涵。大家窮奢極侈、人慾橫流，沉醉在歌舞昇平、燈紅酒綠的日子裡，樂不思蜀，簡直是把杭州當作了汴州。這種委靡、奢侈的現象，又怎怪許多從金馬前線回來的將士和反共義士范園焱看不慣？

「生於憂患，死於安樂」這兩句話到今天還是非常適用的。生活過度的舒適安逸，會使人喪失鬥志。許多熱帶島嶼的土人，因為樹上有現成的果實可以吃，天氣熱又不需穿衣，於是他們游手好閑，不事生產，因而這些島嶼不是淪為強國的殖民地就是積弱不振。反之，寒帶的國家卻大多強盛。臺灣寶島的生活實在太安逸了，安逸之不足，如今更演變成為奢靡，假使不及時把這股頽風扭轉，我真怕人心會因此而被腐蝕，把我們所肩負反共復國的重任都忘記了，「哀莫大於心死」那才真是無可救藥。

客廳的佈置

一位老同學華廈落成，有喬遷之喜，我和幾個同學，少不免要隨俗前往道喜一番。她家是東北區的高級公寓，樓高十二層，有電梯和司閽，氣派相當夠。但是，一進室內，看到了她客廳裡的佈置，便覺得不敢恭維。

一套紫紅色的絲絨大型沙發，一個擺滿了各式各樣洋酒的酒櫃，一部落地的豪華型電視機（機上還擺著一個裸女雕像）；厚厚的地毯是深紅色的，通往陽臺的落地大窗的窗簾是檸檬黃的；吊燈金光閃閃，甚至煙灰缸也是金色的。壁上只有一幅印著一個日本女人的月曆而沒有字畫，客廳裡沒有一本書刊，沒有一片綠葉或一朵鮮花。給予人的印象是富貴逼人而俗不可耐；花團錦簇而色彩卻極度不調和。

在同學們的嘖嘖讚美聲中，我只好噤口不言，因為我實在稱讚不出口。虧她還是個受過高等教育的人，鑑賞力何以如此低俗？是被她那暴發戶丈夫過多的銅臭薰成這副樣子的嗎？

從我這位老同學客廳的佈置，使我想到了目前一般家庭的客廳。記得童年的時候，大陸上的人家，客廳向門的牆壁邊，靠牆不是一張供神的長桌就是一張炕床，當中一張八仙桌，兩邊兩列太師椅；這種擺設，幾乎家家如此，千篇一律。如今，沙發和電視機卻變成了家庭中客廳的主體了。

雖然如此，我們仍然可以從沙發的選擇和電視機的型式來判斷這家主人的雅或俗，以及有沒有藝術的修養。

書櫃與酒櫃的問題，這幾年來報上已談得很多；但是，在一般家庭裡，似乎仍然是酒櫃佔了優勢。是洋酒比書籍便宜呢？還是酒香勝過書香？愚魯如我，真是不知道該如何去解答這個問題。

怎樣去提高讀書風氣？怎樣去提高社會的藝術水準：使得一般的商品不再那麼匠氣，色彩不再那麼庸俗；使一般人對書法展、畫展、攝影展有興趣？有一天，等到大家都懂得用書籍、字畫、雕刻和花木來裝飾他們的家；懂得怎樣配色才能夠調和；那時，大概就沒有人再把酒櫃、裸女像和商業性的月曆放在客廳裡；也沒有人用紫紅沙發配紅地毯、黃窗簾和金色吊燈了吧？

人情債

一位老同學從美國回來，彼此都因為事忙，雖然在電話中通過話，但是始終沒有機會見面，我也還沒有盡地主之誼為她接風。每次在電話中約她，不是她已有約，就是我自己不得空。眼看她回僑居地的日期快到了，這使得我內心焦灼，頓時失去平靜，唯恐她誤會我搭架子、不夠熱誠。粵諺有「人情緊過債」一語，如今我可說親身體會到。

人是群居的動物，所以不能離群而索居。既然群居，便會有各種人際關係。人際關係古稱人倫，包括了父子、君臣、夫婦、師生、朋友。但是，現代人的人際關係可廣闊得多了。除了親戚、師長、同事、同學、同鄉、鄰居等以外，朋友還分很多種類。像我等從事爬格子的文人，有許多文友；畫家們有畫友；打球的人有球友等等。現代人的人際關係既然這樣多，彼此之間的婚喪喜慶、禮尚往來自然也就「一波未平，一波又起」。

近年來，紅白帖子的滿天飛，早已被人目為炸彈。此外，做壽、滿月、出國、返國、喬遷、置產、開張、生病、住院、開畫展……，也無一不是需要應酬的人情債。

最痛苦的是，有時自己有喜事不想張揚，偏偏有熱心的親友硬要致送賀禮，使你卻之不恭、受之有愧，形成了心理上的一份沉重負擔。這種人情債，要躲也躲不及，其壓迫感真是比債權人登門還要大。

我這一生，向以從不舉債自誇。即使在二十多年前外子在一家民營報社服務，一年頂多拿到三個月薪水那種困厄的環境中，我也極力量入為出、務求自給自足，絕不負債。可是到了今天，卻經常欠下人情債，使得我心頭無時輕鬆、耿耿於懷。我們這個社會的人情味實在是太過濃郁，有時會濃得使人喘不過氣來。

一位朋友老遠來看我們，帶了手信，卻又堅決不肯留下來吃飯；一位朋友幫過我一點小忙，還沒有回報；一位住在南部的親戚，路過臺北，沒有時間見面，卻托人送來一簍水果。凡此種種，都是無法避免的人情債。這種債，有時想還也不容易，因為實在抽不出那麼多的時間也。金錢上的債，只要有錢，便可償還；而人情上的債，卻要花時間來還的，沒有時間，便只好永遠懷著歉疚，內心無法安寧，這就是所謂「人情緊過債」。

我等爬格子之輩，還有一種名叫稿債的，也經常在無形的威脅著。主編先生們約稿，尚不可怕，用拖刀計有時可拖個一年半載。怕的就是去參觀什麼地方，而又接受了招待；那麼，回來之後，就等於欠了一筆稿債，不寫一篇文章捧場，又怎對得起別人呢？這恐怕也算是人情債之一吧？

有意義的婚禮

新房內，掛著咖啡、橙色、杏黃和白色圖案構成的窗簾布；雙人床上，鋪著的也是咖啡和黃、白三色的床罩。配著咖啡色的家具，色彩調和而悅目。書桌上，有一盞鵝黃色的桌燈；茶几上，有一瓶半開的紅玫瑰；兩個瓷製的洋娃娃，一男一女，代表了一對新人，顯得喜氣洋洋。房門上一個飄著絲帶的粉紅色花環，代替了俗氣的囍字。

正午時分，客廳的電唱機放出孟德爾松「仲夏夜之夢」中的婚禮進行曲，在堂皇而悅耳的旋律中，年輕的新郎挽著更年輕的新娘，從新房走向客廳，在十幾位至親好友的觀禮下，在結婚證書上蓋了印，交換了戒指。新郎只穿襯衫、打領帶；新娘薄施脂粉，穿著普通的迷嬉洋裝。等到主婚人、證婚人和介紹人都蓋過印以後，他們就退回新房去。當他們退席時，在場的親友都向他們投擲彩紙和拉炮，這樣，又代替了吵人的鞭炮。

簡單的儀式完畢，一對新人和他們的父母以及在場的至親好友，大家隨便散坐客廳各處，共進餐館送來的極為豐盛的自助餐。自從儀式開始，一位擅長攝影的朋友就用他的照相機捕取一個個歷史鏡頭。餐後，一位有牧師身分的長輩又站起來為他們禱告祝福，使得這小小的婚禮顯得更加隆重。這個簡單的婚禮和婚宴，歷時不過兩個鐘頭，沒有打擾任何外人。第二天，一對新人就去渡蜜月。

這是我所參加過最簡單而不俗氣的婚禮。雖然簡單，但是在孟德爾松那堂皇的音樂聲中，又使人有豪華之感。我以為在粉紅色炸彈到處亂扔的歪風下，這次有意義的簡單婚禮，真可說是出污泥而不染，夠性格。

有些社會關係廣的人，一遇到兒女結婚，就恨不得把所有認識的人都一網打盡。他們筵開一百數十席，熱鬧則熱鬧矣，但是桌與桌之間擠得沒有轉身之餘地，同桌都是陌生人，一盤盤汁液淋漓的菜肴從頭上遞過，那種滋味，做賀客的真是說有多難受就多難受。有時，運氣不好，來個集體中毒，更是倒楣透頂。要是禮到人不到，對主人又似乎不夠恭敬。勉強去吧，心裡實在彆扭。多難！

本來，結婚是兩個人的事，又何必勞師動眾，打擾那麼多人呢？我很欣賞西方人的婚禮：教堂中舉行儀式以後，是一個簡單的茶會；然後，新娘把手中的花束一拋，就跟新郎蜜月去也。多麼乾脆俐落！而我們目前流行的婚禮，從籌備到善後，不知驚動多少人，花費多少金錢。勞民傷財，莫此為甚！最近我所參加的簡單婚禮，我認為是有意義而值得提倡的。

漫談喪禮改革

喪禮，原來應該是多麼莊嚴肅穆的一回事！素車白馬、縞衣、白花、奏哀樂，為的是表示生者對死者的哀悼。

在歐美的電影中，我們也常常可以看到喪禮的鏡頭。死者的親屬和弔客一律黑衣，大家默默圍著墳墓而站，牧師在唸：「灰歸灰、塵歸塵、土歸土」，棺木徐徐下降，然後在親友的目送中用泥土埋葬起來，接著，參加喪禮的人輪流去向死者的遺孀或遺屬說幾句安慰的話，於是，喪禮便告完成。多麼簡單而有意義！

但是，我們今天「流行」的喪禮又是怎樣的呢？在殯儀館「搶」租（因為僧多粥少，供不應求，聽說很不容易租到）一個靈堂，堂上掛滿了輓聯、輓幛、擺滿了花圈花籃，掛得擺得越多越表示這家人的社會地位高。弔客老遠趕來，只為了簽一個名，鞠一個躬，根本沒有機會向遺屬致唁。而坐在靈堂中的一些弔客，有人高聲談話，有人喁喁細語，彷彿這裡是一個交際場所，一點哀戚的心都沒有。

很多人對喪禮的禮儀似乎完全不懂。我看過很多人穿紅花的或其他顏色鮮艷的衣服去參加喪禮；有人在靈堂上毫無顧忌地大聲談笑。最莫名其妙的是有酒席招待的那種喪禮了。棺材一抬出去，弔客立刻把襟上的白色紙花摘掉，大家團團圍坐，又吃又喝，言笑晏晏，根本忘記了他們是前來弔唁的。

氣氛比較嚴肅的是在教堂中舉行追思禮拜，有牧師證道，大家唱唱聖詩，這才像在追悼死者。不過，這種儀式只限於教徒使用，一般人大概只好利用殯儀館了。

在人口爆炸的今日，寸金尺土，活人已經不容易找到安身之地，死人又何苦要湊熱鬧，也要佔用一席土地呢？土葬，顯然是極不合時宜的。不用土葬，殯儀館中那些勞民傷財的繁文縟節也就可以免除。

火葬衛生而節約，值得推行。海葬，壯麗而有詩意，也不妨採用。假若我生病而死，我願意把遺體捐贈給醫院解剖研究。要是壽終正寢，我的所有器官，都可以送給需要的人，以符廢物利用之旨。

人死如燈滅，一死就一了百了，喪禮何必舖張呢？所謂「生榮死哀」，死者根本什麼都不知道，「榮」只是生者的虛榮心作祟而已。我一看到出殯隊伍中的「樂隊」就害怕，這些烏合之眾，男女老幼都有；有些略略受過訓練，有些則是濫竽充數。他們在婚禮中吹奏「魂斷藍橋」，在喪禮中吹奏「風流寡婦」，這已經不是新鮮的笑話。在出殯行列中，即使有十隊這種「樂隊」，又何「榮」之有呢？

從朱門說起

一位從事建築業的朋友，剛從國外回來。看見祖國各方面的進步，他固然十分興奮：但是，他以行家的眼光來看國內的建築，卻表示不敢恭維。

首先，他覺得此間的建築物千篇一律，毫無格調，令他頗為失望。然後，他對一般新建的房屋都用瓷磚貼在外牆作為裝飾表示不解。他說：在國外，瓷磚只用於廚房和浴室，而我們卻貼在外牆，是不是有點像穿著睡衣見客的那種感覺呢？再來，他又認為一般住宅的大門都漆上紅色，太過刺目。不過，他到底是中國人，懂得中國人心理。「大概是因為朱門表示富家之意吧？」他笑笑地說。

家家戶戶把大門漆成紅色，也是我所不能忍受的事。這顏色多俗氣！可是，我們中國人認為紅色代表吉祥，有些人新搬家，還在門上橫掛著一條紅布，叫他把大門漆成別的顏色，行嗎？

從一般人的喜愛朱門，我又想到我們日常接觸到的庸俗的顏色。有人把他們的鐵門和防盜鐵架、花架等漆成幾種不調和的顏色，以為這樣才是多姿多采。

街上的計程車，全是大紅大綠，俗不可耐。而我們的郵筒，剛好一紅一綠，又是原始色，滿街這種土裡土氣的東西，實在大煞風景。

在我們的商品中，色彩最庸俗可怕的莫過於塑膠製品了。其中尤以廉價的尼龍製品甚，像掃把、刷子、竹竿的套子等，通通採用紅、橙、藍、綠等原色，濃得化不開，也使人受不了。塑膠品也如此，本來我們的塑膠製品水準很不錯的，可惜製造的商人不懂配色，老是把顧客當作鄉巴佬，顏色非紅即綠，毫無美感，這使得原有的成就不免要打個折扣。

室內裝潢，是近年新興的一種行業，這一行的業者應該多少有點藝術修養才對吧？事實上卻不然。從一般餐廳、商店與美容院的裝潢，就可以看得出業者的水準。他們連色彩的和諧都不懂，壁紙一個色調、地毯一個色調、家具又是一個色調，老是弄得花花綠綠的，完全不像經過設計。不知道那是裝潢的本意，還是為了遷就顧客的愛好？

圓山大飯店的內部裝潢以紅色為主調，在一般人的眼中，可說是非常富麗堂皇的。可是我有一位長輩卻嫌它紅色太多，太過刺眼，每次路過臺北，到那裡住宿時，便說眼睛不舒服。關於這一點，我也有同感。大廳裡佈置得喜氣洋洋、堆金積玉，是為了表現我國傳統；但是，房間裡也如此設計，就違反了室內佈置的原則了，臥室的色調應該是使人感到幽靜安寧的。

籠中人

多年前，在一本英文雜誌上看見過一幅漫畫，題目名叫「人生如囚」。這漫畫分成四小幅：第一幅畫一個嬰兒睡在四面都有欄干的小床上；第二幅畫一個嬰兒被關在一個也是四面有欄干的遊戲欄裡；第三幅畫一個小學生站在校園的鐵柵欄後面；第四幅畫一個銀行職員坐在裝有鐵柵欄的櫃臺後工作。一個人從小到大都得關在柵欄後面，豈不是「人生如囚」？這幅漫畫，給予我印象甚深，所以雖然經過多年，依然記得很清楚。

當然，這只是一幅諷刺性的漫畫，不足為例。人生到底是不是真的如囚，那麼，端在乎一個人是否能掙脫名韁利鎖，還是他有沒有作繭自縛？假使他不是利祿薰心，把世界上的富貴榮華都看作身外物，胸懷坦蕩，不斤斤較量，人生又怎會如囚？

不幸的是，在今日的都市中，有許多人雖然能擺脫無形的人生之囚，卻又心甘情願地把自己關在有形的籠子裡。近年來，由於盜風猖獗，大部分的人家都在陽臺上、大門外和窗子外裝上鐵柵欄，這豈不是甘作有形之囚麼？

我每次外出，看到滿街的公寓房子的前後陽臺和窗子都裝著鐵柵欄，就不禁搖頭嘆息。這種鐵柵欄，嚴重地破壞了房屋的美觀，使得屋中人猶如動物園籠中的鳥獸，實在大煞風景。從前，曾經有些房屋因為所有窗戶都裝了鐵柵欄，以致在火災時無法逃生，人在裡面活活燒死。如今，裝鐵柵欄的人都聰明起來了，他們懂得在鐵柵欄下開一扇防火門，平時用鎖鎖起來，緊急時再開啟。

誰知道高一尺、魔高十丈，宵小之輩就專門利用這扇防火門，把鎖撬開，從容進入。有了這麼一個「破綻」，鐵柵欄又有什麼用呢？豈不是形同虛設？

自從營造商人一窩蜂似地到處興建房屋以後，不但帶動了泥水工、木工、裝潢、家具、鋁門窗等行業的利市百倍，也使得所有的鐵工廠供不應求。走到街上，到處都有一個個大鐵籠掛在樓房上，而且式樣和顏色都不一，不但把市容大大地破壞，而且也等於告訴觀光客：我們這裡的小偷和盜賊特別多，所以不得不嚴加防範。

鐵柵欄就能防盜了嗎？不見得吧？與其甘心畫地為牢，情願住籠子裡，倒不如不要謾藏誨盜，生活不可太奢靡，出入不可太招搖，以免賊人動歪念。我相信，盜匪覬覦的必定是佈置豪華、男主人氣派十足、女主人珠光寶氣的富室而不是樸素無華的普通人家。

真的，我們何苦把自己關在鐵柵欄內，整天愁眉苦臉地唱：「我好比，籠中鳥」，使得本來快快樂樂的人生變成了囚牢呢？

現代公寓

很多人都不喜歡住現代公寓的樓上。因為住在這種樓上，腳下踏不到土地，使人沒有安全感，而且還被樓上的人踩在頭上，似乎又是屈居人下。

我這一輩子都住在樓上，習慣成自然，所以並無下不著地之感。唯獨對於「屈居人下」的那股窩囊氣，卻是經驗豐富。我不知道那些「踩在別人頭上」的人為甚麼果然就是一副高高在上的神氣，為所欲為，從來不替別人設想。住在這一類人的樓下，真是別想睦鄰。

最常發生的公寓糾紛事件就是樓上人在陽臺上澆花，禍延樓下。要不然就是曬出來的衣服沒擰乾，滴滴嗒嗒地往下一層晾曬衣物上灑下來。最莫名其妙的是有些樓上人在沖洗陽臺時，髒水不掃向排水管而掃向欄干外面，使得下面各層通通遭殃。你去跟他理論，他還認為是理所當然，似乎住在下面的人就是活該倒霉。

樓上住有小孩子，在你頭上蹦蹦跳跳，這是樓上音響中最輕的一種，只好忍受。煤氣筒轟隆轟隆地在頭上滾過，沉重的沙發往頭上拖，也都是事出有因，無法怨尤，誰叫你不住頂層呢？

頂層我從前也住過。住進去之前，還以為自己可以擁有整個曬臺以及一道通往曬臺的樓梯而高興不已，誰知道才住了兩天便知道事情並不這樣簡單。那棟公寓的樓下是一間美容院，那天，上來了兩三個美容院的小弟，說要到曬臺修理電視天線。睦鄰嘛！我還能不答應？於是，那幾個小弟到了曬臺上又笑又叫的鬧了半天，也不知道在做甚麼，還得勞動我替他們開關樓梯的門。以後，美容院的小弟小妹們便經常敲開我們的門，到曬臺上去玩。有時是修理天線，有時是修水管，有時是洗蓄水池，名堂一大堆，一上去便是半天，有時還在上面大唱流行歌。吵鬧還是小事，他們在上面我便不能出門，這件事卻是無法忍受，因為他們下去勢必經過我家的門，我總不能把大門敞開讓一些陌生人自由進出吧？

別以為另外有樓梯通往曬臺的公寓頂層便沒有困擾，也一樣有。每一層樓要裝天線修天線，清洗公用的蓄水池等等，也都要找他們拿鑰匙開門，也是不勝其煩的。

屈居人下會蒙受許多無妄的水災、震（天花板震動）災、垃圾災，而騎在別人頭上也不見得就佔盡便宜，沒有煩惱。總之，假使你沒有工夫，不能忍讓，那就別住公寓。有本事的話，自己蓋一棟有一千坪花園的獨院洋房，這樣，大概就不至於受到鄰居種種騷擾，也不容易聽得到街道上的車聲了。但是，一天到晚在你頭上呼嘯而過的噴射機又如之何？

床

一位朋友，因為女兒快要結婚，她想送她一張床作為嫁妝之一，拖著我去幫她選購。結果，兩個人跑遍了中山北路、長沙街和南昌街，幾乎看遍了臺北市的家具店，看過了無數張的床，不是嫌價錢太貴，就是嫌式樣太俗氣，終於還是高不成低不就的買不成功。

當我兩人因為累極而在一間咖啡室坐下來歇腳時，我的朋友嘆了一口氣說：「想想還是睡榻榻米好，省了多少錢！省了多少事！」

朋友的話雖然是開玩笑，倒也不無道理。如今，生活水準日高，大家對物質享受的要求也越來越高級，那些製造床和床具的商人又在危言聳聽：「人生有三分之一是在床上渡過，豈可不重視你的床？」醫生也在勸告中年以上的人不要睡軟床，以免睡得腰酸背痛。於是，床墊的身價頓高，大家都在研究床墊該有幾個彈簧，床墊的填充又是哪一種最好。至於床的形式，美式的已經落伍了，據說北歐型最流行，越豪華越貴的越受歡迎。

難道大家都忘記了二三十年前的榻榻米時代？記得剛來臺灣的時候，我們住在一間只有四疊半的日式房間裡，睡於斯，食於斯，會客於斯。甚至，替嬰兒洗澡，也是把浴盆放在榻榻米上。只因為那個時代太年輕了，完全不識愁滋味，晚上睡在被多少人踐踏過的疊蓆上，仍然一夢酣然。

在那個時代，有一張嘎嘎作響的竹床，或者難以轉側的帆布行軍床，就已經很不錯了。睡木床，還是脫離了日式房子以後的事。

再追想到從前大陸上的床。北方的土炕我雖然沒有看過，但是可以想像出它的簡陋。廣東有一種最簡單的床，就是把兩塊床板擱在兩張板凳上，拆卸搬運都非常方便，價錢又便宜，可說是最大眾化的床。

在祖父的老屋裡，他那張巨型的木床，在兒童的心目中，真像個城堡。床腳本來已經夠高，為了怕地面潮濕，他還用磚頭墊起來，要很費力才爬得上去。床上，三面有床欄，還有四根柱子，帳子一掛，又像螢幕又像戲臺，好玩極了。床上靠近牆壁的那面還放著一個附有許多小抽屜的架子，抽屜裡有食物有藥品，也有錢財和首飾。那個時代還沒有銀行保險箱的裝置，這些小抽屜大概就是床主人的百寶箱了。

我小時候跟母親睡過一張有四根發亮的圓柱的銅床，後來獨睡的白色小木床則跟現代的小床毫無差異。抗戰期間，在逃難時我有一夜居然睡在賣豬肉的攤子上而不自知，有一次則是睡在兩張小學生的課桌上過了一夜，那真是最奇特的「床」了。抗戰最後一年，在重慶陪都青年館的女生宿舍中睡了一個夏天的木製雙層床，每晚不但熱得無法成眠，還被成群的臭蟲咬得遍體奇癢，徹夜無眠，這種滋味，可說永生難忘。這只能算是床的故事的外一章。

床位

在臺北市西門地區邊沿，一幢三層的舊式樓房，樓下外進是一間小吃店，後進兩間黑暗得不見天日的小房間，是房東一家大小的臥室。二樓和三樓分隔成無數小間，租給一些單身到臺北的女子。

我是無意中看到這種蜂窩式的「女子公寓」的。看過之後，雖然眼界大開，但是心中卻也戚戚然。這麼簡陋而不衛生的地方，也能給人住麼？它實在比鴿子籠和狗窩好不到哪裡去。

有一天我在成都路上走過，有人用臺語喊了一聲「太太」，轉過頭去，是一個不相識的婦人。她說：「太太，你不認得我了？我就是阿花呀！」原來是我在十多年前僱用過的女傭，那時她只有十八九歲，模樣跟現在當然不一樣。

兩人就在路旁聊起來。阿花說她結過婚，但是丈夫死了，沒有孩子。她現在在一間電子公司當女工，就住在附近，要我去坐一會兒。

就這樣，我看到了我從未見過的最小的住的空間。

阿花引我走進那家小吃店，穿過黑暗狹窄的通道，爬上狹窄陡峭的木梯上了二樓，只見不過十疊大小的空間內，就擺著五張雙層木床，每一張床首尾相接，用一片薄板隔開；床前也僅僅只能容一個人通過。這一張床，就是一個人生活起居的天地。樓上臨街的一面雖有一扇窗戶，光線也是暗暗的。而且十個人只能呼吸那一點點空氣，也未免太可憐。

阿花睡下舖，她請我坐在床沿，她的床上釘有一個架子，放著水瓶梳子等雜物。她要倒水給我喝，我拒絕了。我不是嫌她杯子髒，是不忍心喝她的水，住在這種地方，恐怕連燒一瓶開水也不容易吧？

我問她為甚麼住在這裡，她說交通方便嘛！她公司的交通車就停在馬路轉角的地方，她有好幾個同事都住在這裡哩！租金便宜不便宜？一個月也要六百元。二三樓都是宿舍，一共有二十張床，房東太太一個月就有一萬二千元的收入哩！你住得還習慣吧？不習慣又怎樣？我租不起好的房間嘛！

抗戰期間我跟父母逃難到香港，知道香港由於地小人稠，因而有「寸金尺土」的事實。有些低級住宅，就在甬道上擺一兩張床租給低收入的人棲身，稱為「床位」。一個人淪落到「日求三餐，夜求一宿」，人之尊嚴可說已蕩然無存。從前，我一直以為「床位」是香港的畸形現象之一，想不到，臺北亦已出現同樣情形。為了維護這許許多多單身在外的職業婦女的健康與安全，有關當局不知是否會考慮，多建一些婦女宿舍解決她們的問題？

搭建候車棚

距離我家最近的一個公車站是設立在一間髒兮兮的修理腳踏車店門前。這間小店是間低矮的平房，門口根本沒有任何遮陽設備，乘客在那裡等車，既飽受雨淋日曬，又得忍受塵土飛揚，是相當苦惱的。

前幾天，腳踏車修理店旁邊的空地忽然有人搭起了一個鐵架子，看樣子像是候車棚。我想：鎮公所還挺體貼鎮民的嘛！終於注意到我們的疾苦了。

今天，我在搭乘公車，看見候車棚已經落成。鐵架子上鋪著石棉瓦，棚下還有幾張長板凳，雖然十分簡陋，但是有棚頂可以擋太陽和雨水，又有板凳可坐，比起以前的露天鵠立，已是天淵之別。

原來，這候車棚不是鎮公所的德政，而是一位鎮民代表候選人所建的，棚上貼了一大張紅紙，寫明他的名字，還順便請大家投他一票。我覺得這位候選人真可說是一位腳踏實地、聰明絕頂的人。搭車棚，實實在在地嘉惠於選民，選民於感激之餘，大概真的都會投他一票的吧？

近日，鎮民代表候選人的宣傳車日夜出動，大聲疾呼，吵得人人無法安寧。他們只懂得拼命拜托，但是卻往往連名字都說不清楚，拜托又有何用？我早就覺得：拜托選民投他一票，是毫無意義的陳腔濫調。選民與你素不相識，憑甚麼要投你的票？假使我出來競選民意代表，我絕不用「拜托」二字，因為那等於乞求，可說毫無骨氣。倒不如把自己的政見簡單扼要地說出來，最後加上一句「謝謝」，那是不是比較得體呢？要是不用宣傳車擾民，而把這筆費用節省下來，用來搭候車棚、修補道路、蓋公廁、供奉茶水、裝設路燈，或者捐獻給貧病的鄉人，那當然是更有意義，也更容易獲得選民的好感。

古人以修橋整路為積德的方式之一，搭建一個候車棚，所費不多，卻是非常實惠，也可說是積德之舉。這位候選人可說是想法與做法都比較特殊而有見地，但願他當選後作風不變，也能為選民切切實實地服務。

中文橫寫問題

永和鎮竹林路上一些黑白兩色、製成企鵝形狀的廢物箱，在企鵝口的部分，從左到右橫寫著兩行字：「果皮紙屑投入口」；在企鵝的肚子上從右到左直寫兩行「消除髒亂，人人有責」；下面，從右到左橫書「永和鎮公所製」。

大馬路上，一部紅色的計程車頂上從右到左寫著「冷氣車」三個字；它旁邊一部藍色的卻從左到右寫著「冷氣車」。甲商店招牌的字從右到左排列，乙商店的招牌卻從左到右。

隨便拿起一份報紙，它橫排的標題是從右到左排列；然而，它下面的廣告的名辭或辭句卻是從左到右。

三家電視臺的中文字幕，本來是從右到左的，近年來不知何故反了過來。觀眾們幾十年早已習慣了從右到左，一旦改過來，難免不感到彆扭。最可笑的是，字幕從左到右，背景裡的橫匾、招牌之類卻是從右到左，叫人不知怎樣向兒童或者外國友人解釋。

中國文字，數千年來早已一律直行書寫，從右到左。除了那些三四個字的橫匾是從右到左橫寫以外，可說並無例外。那麼，為甚麼有人喜歡從左到右呢？

固然，在橫寫的時候，從左到右較為方便；但是，我們需要橫寫的機會實在不多，何必一定效法西方的蟹行文？而最令人痛心的是，從右或從左居然不統一，還談甚麼復興中華文化？

去年的時候，教育部早已明令規定：中文橫寫一律從右到左，除非文字中需要附帶外文或阿拉伯數字（如教科書等），否則不宜從左到右排列。

也許是報紙不重視這個消息，所登的地位極不醒目，所以沒有受到大眾的注意。於是，各自為政，以至形成了目前混亂的局面。

八月底，在第二次文藝會談中，就曾經有一位文友多次起立發言，為中文橫寫的問題提出討論，語氣非常慷慨激昂。可能是大家認為中文橫寫與文藝無關吧，根本沒有人重視這個問題，這個提案大概就這樣無疾而終了。

我國的方言比世界上任何一個國家都複雜。然而，自從遷臺以後，經過了將近三十年的努力，現在，除了偏遠鄉間的老年人外，大概已沒有人不會說國語了。但是，使用了數千年的中文，怎會在橫寫時發生不統一的現象呢？

共匪企圖滅絕中華文化，把漢字簡化、用羅馬字拼音、橫寫。我們身為中華文化和道統的維護者，就應該盡量使用直行書寫，避免使用橫行，萬一需要橫書，也應遵從總統蔣公遺訓，從右到左書寫。

但願有關當局重視這個問題，今後，街頭上、文字上，不要再出現中文橫寫有左有右的不統一現象，以免貽笑國際。

落葉歸根

由於旅居海外的親友比較多，每年暑假，我家都有許多熟人回國，使得炎熱的夏天更加熱鬧，更加多姿多采。而今年，又似乎特別熱鬧，妹妹、表弟、兒子的未婚妻都回來了，還見到一位分別三十年的老同學。

我這位老同學在抗戰期間跟隨父母移民到馬來西亞，沒有完成學業就結婚。她的先生是當地富商之子（後來自己也變成了富商），不幸在三年前過世了。這一次，她是第一次回國觀光，還帶著她的長子。她一共有六個子女，長子在九年前初中畢業後就到德國去留學。幾天以前，他剛從德國回來，母子兩人在香港會齊了，就一同到臺灣來。

她事先有信給我，但是在機場見面，我幾乎完全不認得她了。原來弱質纖纖的她，變成一個黑黑胖胖的「南洋婆」，若不是頰上那個小酒渦做標記，我真不敢跟她打招呼哩！她身畔那個高高的、壯壯的，皮膚白皙的青年就是她的兒子。他的頭髮剪得短短的，穿著一件半舊的短袖襯衫，滿面笑容，彬彬有禮，一見面我就對他發生好感。不幸，我們幾乎言語不通，因為他除了馬來話和德語之外，只能說幾句他父親的家鄉話——閩南語。他國語完全不懂，也不識漢字。英語嘛！發音很差，也只能說幾句而已。

第二天，我請他們母子到家裡吃飯，這位只會用閩南語說「阿姨」、「多謝」、「呷飽」等片語和短句的青年，更是充份表現出令人驚訝的中國舊式家庭子弟的美德。他走進廚房，搶著替我洗菜和做打雜，他說他在國外多年，對個人的起居生活已完全懂得料理，這正是他的拿手哩！吃完飯，他又搶著替我收拾和洗碗。我對我的老同學慨嘆：我這些生長在國內的兒子都從來不幫忙我做家事，你是怎樣訓練你兒子的？她卻很慚愧的說：會做家事有甚麼用？可惜他連一句國語都不會說，家鄉話也只懂皮毛，實在不能算是中國人啊！所以她這次決心要他回來學點中文，一定要會說會讀會寫才讓他回僑居地去。

她的話使我對她肅然起敬。住在國內一些自命為上流社會的人，常以能操流利的外語為榮；然而，多少僑居國外的中國人，卻深以他們的子弟不懂祖國語文為苦，不論住得多遠，他們都想盡方法回來學習，這是他們愛國和不忘本的表現，是值得我們尊敬的。

近年來，許多居留海外多年的學者和藝術家都紛紛回國定居。「粱園雖好，不是久戀之鄉」，年紀大了，落葉還是歸根的好，有誰願意終老異鄉呢？「飛鳥戀舊林，池魚思故淵」，正是每一位回國學習中文，回國定居的海外遊子心情的寫照。落葉終會歸根，人是離不開故土的。

勿數典忘祖

炎炎夏日的午後，在寧靜的社區中，忽然響起了美語的廣播聲。收聽的那位仁兄，把音量幾乎開到最大，以至那捲舌的、含糊而急促的異邦言語充塞在整條短巷的所有空間裡，一時間，幾以為自己置身於彼岸的新大陸。

這位收聽美軍電臺廣播的仁兄（也許是仁姊），到底是在學習美語抑或炫耀他的外語聽力呢？要學習語言，根本不須放這麼大的音量，以至妨礙他人的安寧。要炫耀自己對ＡＢＣ造詣之深，卻又沒有人看得見，可說是徒勞無功。這種行為，無以名之，總是難免崇洋之譏吧？

國人的崇洋心理，大概是自民初開始。從文學作品中，從前輩的講述中，我知道那個時候的上流社會便以懂得英語為榮，（到今天仍然一樣，所不同者，牛津英語變成美式英語而已），一如歐美上流社會以懂得法語才算高級一樣。在大學裡，教授與學生之間的稱呼都要加上「蜜絲」或「蜜斯特」，現在看來，實在是既酸腐而又令人噴飯。

但是，今日的社會又如何呢？年輕人競留嬉皮式的長髮和穿緊窄的牛仔褲；「高級人士」

只喝咖啡、可樂而不喝茶；夜總會到處充斥，節目全部西化；歌星學唱西洋熱門歌曲、酷肖得可以亂真；大街小巷到處都可以吃得到牛排和漢堡麵包；西餐室比中菜館還要多；男人的長衫和女人的旗袍已逐漸變成古董。

走在馬路上，若不小心被人碰了一下，聽到的絕大多數是「sorry」而不是「對不起」。大學生見了面，必定彼此「嗨」的一聲打招呼，彷彿他們是美國人。許多人連英文字母都不見得完全認得，也一天到晚OK不離口。有些中學生儘管英文不及格，但是美國的熱門歌曲卻琅琅上口，好萊塢電影明星的名字也背得滾瓜爛熟。

我們的都市的外觀也全盤西化而沒有特色。外國的觀光客來到，往往失望而去，因為在這裡看不到多少真正中國傳統的東西。

光是烹飪、太極拳、中國功夫、舞龍舞獅……是不夠的，最主要的是我們要保存我們中華民族五千多年來的道統精神，每個人都不要忘記了自己是偉大的炎黃華冑，隨時隨地要表現出一個泱泱大國的國民風度，那才不會辱沒中國人的身分。

我最躭心的是：生長在臺灣的下一代，除了知道中國菜好吃以外，他們不曾看見過故鄉，不尊重我國傳統的孝道和敬老的精神，不懂得節儉，不肯刻苦。將來有一日，輪到他們挑起國和家的重擔時，會不會忘記了自己原來是古老而多憂患的中國子孫呢？數典忘祖，那該是多可羞的事！

怒吼的醒獅

記得當年在小學唸書的時候，課本上常有我國由於清廷腐敗、積弱不振而被外人譏為睡獅；因為國人體格瘦小而被稱為東亞病夫；又因愛國熱忱維持不久而被諷為五分鐘熱度這一類的話。當時，在小小的心靈中，即已感到十分屈辱與憤怒。

不久以後，盧溝橋事變，我國在先總統蔣公的領導下，燃起了抗日救國的聖火。從此，睡獅變成了醒獅，而且發出了獅子的怒吼，這一場持續了八年的聖戰，終於贏得了光榮的勝利。五分鐘熱度的詆毀自然也隨之而消失。

近二三十年來，我國由於社會安定，生活水準提高，人人可以獲得足夠的營養，國人的體格也相對的改良，身高一八〇公分以上的青少年，隨處可以見到，東亞病夫的惡名，亦早已銷聲匿跡。我心頭的陰影、也得以除去。

最近，自從卡特背信毀約，宣佈了與共匪勾搭建交以後，我們這頭中華醒獅又怒吼了。每一天，報上一條一條捐款、捐血、寫血書、示威抗議、請纓入伍……，顯示出國人愛國熱情的新聞，看得我熱血沸騰。電視上的報導：青天白日滿地紅的國旗到處飄揚，一片旗海，成千成萬的愛國青年高舉抗議標語，高唱愛國歌曲。這洶湧的愛國狂潮，這高漲的愛國情緒，不就像是一頭怒吼的猛獅嗎？是的，我們中華民族正是一頭勇猛的怒獅，如今他在怒吼了，誰能忽視我們？誰敢侮謾我們？

發揚民族正氣

最近，在愛國熱潮的澎湃中，無時無刻，我的心靈都為之激動不已。偶然，想到了一些前人的愛國詩詞的斷句，就在心中吟哦著。我想到了陸放翁的「逆胡未滅心未平，孤劍床頭鏗有聲」、「一身報國有萬死，雙鬢向人無再青」；想到了岳武穆的「滿江紅」；想到了文天祥的「正氣歌」。

對了，壯烈可泣鬼神的「正氣歌」，真是此時此地最適宜的讀物了。我試著把它背誦出來，背來背去，都只記得前面的十八句、結尾的四句，以及中間的一些斷句。遍找家中藏書，居然找不到「正氣歌」，在失望之餘，我打電話給一位對國學很有興趣的朋友，問他背得出背不出，或者家裡有沒有這篇文章。

過了一天，朋友回我電話，說在一本古文中找到了，他說他唸給我聽，叫我用筆記下來。我真開心，前面十八句完全沒有記錯，他唸出來的，我也依稀記得；其他很多句子，他唸上一句，下一句我馬上就想起來。最後的四句不但也沒有記錯，再倒數的八句也記起來了。

把整首「正氣歌」抄下來，朗誦一遍，心情又復激動得不能自已。重讀多年前讀過的名句，不但有如晤故人之感，而一股民族正氣，也因此而激盪在我的胸臆中。是的，「在秦張良椎」，「在漢蘇武節」，「清操厲冰雪」，「慷慨吞胡羯」，「生死安足論」，文信國公大義凜然的遺言，雖然經歷了千百年，到今天還是一樣適用的。

為了激發國人的愛國情操，為了發揚民族正氣，此時此地，我們實在應該把我們的民族英雄的事略以及古代的愛國文章和詩詞廣為傳播。作為大眾傳播媒介的報紙、雜誌、電視和廣播事業，對這件工作是責無旁貸的。

共產主義禍延全球

世界上有許多目光短視的國家與政客，對於像洪水猛獸一般的共產主義，雖然也不歡迎和懼怕；但是，他們卻不知道共產主義為害之烈，以為只要不和他們扯上關係，像鴕鳥那樣把頭埋進沙堆中就可以安全。事實上，他們的想法和做法都是大錯特錯的。

從近月以來，越南難民大逃亡的悲劇看來，就可以證明共匪主義如何的禍延全球。所有自由世界的國家與地區，已到了無法袖手旁觀，不能夠自掃門前雪的時候。

在酷熱的南海上，一艘又一艘的漁船或輪船，滿載著渴望自由的難民，冒著生命的危險從西貢逃出。成千上百的男女老幼擠在船艙裡，像罐裡的沙丁魚那樣重疊著，而飲水和食物都不夠。他們漂流在茫茫大海上，飽受著海風和烈日的煎熬。體弱的人生病了，也沒有醫藥設備。這種日子苦得很；可是，為了自由，這種苦算得甚麼呢？咬著牙齒捱下去吧！

然而，更苦的還在後頭哩！他們要上岸，卻沒有一個港口可以讓他們停靠。馬來西亞和香港，先後拒絕他們登陸。從表面看來，這些地方的政府非常寡情薄義，沒有人道；不過，事實上，他們也有他們的苦衷。大批的難民入境，會影響到當地人民的就業機會，會刺激物價上漲，甚至會帶來流行性的疾病。為了一己的利益，他們是有理由拒絕的；可是，站在人道立場上，他們往往又不能堅持。像停留在香港水域已經十天的匯豐輪，由於香港政府拒絕他們登岸，兩千多名的難民曾經絕食抗議，並以殺死船長再集體自殺來要脅；結果，港府雖然為了怕開先例以至「後患」無窮而仍然不讓他們登岸，但也源源供應他們的飲水、食物、醫藥、毛毯和衣服，直至有第三國來收容他們為止。

也許，在整個地球上，大部分的地區仍然是一片乾淨土，還沒有受到共產主義的威脅；可是，一個國家淪陷了，它的難民便會流亡到全世界上，自由國家都有道義救助他們、接納他們。這些難民潮，對那些國家多多少少都會有點影響吧？所以，要是還有哪一個國家想在這種時勢中實行鴕鳥主義，或者獨善其身，恐怕是行不通的。因為共產主義已禍延全球了。我真想不通為甚麼還有卡特這種人居然會愚昧得在跟共產黨徒打交道？

畢璞全集・散文10　PG1282

心在水之湄

作　　者　畢　璞
責任編輯　陳思佑
圖文排版　周妤靜
封面設計　楊廣榕

出版策劃　釀出版
製作發行　秀威資訊科技股份有限公司
114 台北市內湖區瑞光路76巷65號1樓
電話：+886-2-2796-3638　傳真：+886-2-2796-1377
服務信箱：service@showwe.com.tw
http://www.showwe.com.tw
郵政劃撥　19563868　戶名：秀威資訊科技股份有限公司
展售門市　國家書店【松江門市】
104 台北市中山區松江路209號1樓
電話：+886-2-2518-0207　傳真：+886-2-2518-0778
網路訂購　秀威網路書店：http://www.bodbooks.com.tw
國家網路書店：http://www.govbooks.com.tw
法律顧問　毛國樑　律師
總 經 銷　聯合發行股份有限公司
231新北市新店區寶橋路235巷6弄6號4F
電話：+886-2-2917-8022　傳真：+886-2-2915-6275

出版日期　2015年3月　BOD一版
定　　價　300元

版權所有・翻印必究（本書如有缺頁、破損或裝訂錯誤，請寄回更換）
Copyright © 2015 by Showwe Information Co., Ltd.
All Rights Reserved

Printed in Taiwan

國家圖書館出版品預行編目

心在水之湄 / 畢璞著. -- 一版. -- 臺北市 : 釀出版,
2015.03
面；　公分. -- (畢璞全集. 散文 ; 10)
BOD版
ISBN 978-986-5696-85-6 (平裝)

855　　104002492

讀者回函卡

感謝您購買本書，為提升服務品質，請填妥以下資料，將讀者回函卡直接寄回或傳真本公司，收到您的寶貴意見後，我們會收藏記錄及檢討，謝謝！如您需要了解本公司最新出版書目、購書優惠或企劃活動，歡迎您上網查詢或下載相關資料：http:// www.showwe.com.tw

您購買的書名：________________________________

出生日期：________年________月________日

學歷：□高中(含)以下　□大專　□研究所(含)以上

職業：□製造業　□金融業　□資訊業　□軍警　□傳播業　□自由業

□服務業　□公務員　□教職　□學生　□家管　□其它_____

購書地點：□網路書店　□實體書店　□書展　□郵購　□贈閱　□其他

您從何得知本書的消息？

□網路書店　□實體書店　□網路搜尋　□電子報　□書訊　□雜誌

□傳播媒體　□親友推薦　□網站推薦　□部落格　□其他__________

您對本書的評價：（請填代號　1.非常滿意　2.滿意　3.尚可　4.再改進）

封面設計____　版面編排____　內容____　文／譯筆____　價格____

讀完書後您覺得：

□很有收穫　□有收穫　□收穫不多　□沒收穫

對我們的建議：________________________________

____

____

____

請貼
郵票

11466
台北市內湖區瑞光路 76 巷 65 號 1 樓
秀威資訊科技股份有限公司 收
BOD 數位出版事業部

……………………………………………………………………………………

（請沿線對折寄回，謝謝！）

姓　　名：＿＿＿＿＿＿＿＿　年齡：＿＿＿＿　性別：□女　□男

郵遞區號：□□□□□

地　　址：＿＿＿＿＿＿＿＿＿＿＿＿＿＿＿＿＿＿＿＿

聯絡電話：(日) ＿＿＿＿＿＿＿＿ (夜) ＿＿＿＿＿＿＿＿

E-mail：＿＿＿＿＿＿＿＿＿＿＿＿＿＿＿＿＿＿＿＿